张炜中篇系列

请挽救艺术家

张 炜 / 著

人民文学出版社

图书在版编目（CIP）数据

请挽救艺术家／张炜著．—北京：人民文学出版社，2018
（张炜中篇系列）
ISBN 978-7-02-014307-8

Ⅰ.①请… Ⅱ.①张… Ⅲ.①中篇小说—小说集—中国—当代 Ⅳ.① I247.5

中国版本图书馆 CIP 数据核字（2018）第 117671 号

责任编辑	李　磊
装帧设计	崔欣晔
责任校对	李晓静
责任印制	王重艺

出版发行	人民文学出版社
社　　址	北京市朝内大街 166 号
邮政编码	100705
网　　址	http://www.rw-cn.com

印　　刷	中煤（北京）印务有限公司
经　　销	全国新华书店等

字　　数	67 千字
开　　本	880 毫米×1230 毫米　1/32
印　　张	5.125　插页 2
印　　数	1—5000
版　　次	2018 年 9 月北京第 1 版
印　　次	2018 年 9 月第 1 次印刷

书　　号	978-7-02-014307-8
定　　价	36.00 元

如有印装质量问题，请与本社图书销售中心调换。电话：010-65233595

张　炜

当代作家。山东省栖霞市人,1956年出生于龙口市。1975年开始发表作品。

2014年出版《张炜文集》48卷。作品译为英、日、法、韩、德、塞、西、瑞典、俄、阿、土等多种文字。

著有长篇小说《古船》《九月寓言》《刺猬歌》《你在高原》《独药师》《艾约堡秘史》等21部,创作有中篇小说《蘑菇七种》《秋天的思索》等若干。

目 录

请挽救艺术家 ___ 1

远行之嘱 ___ 73

附：

一地草芒露珠灿 ___ 125

请挽救艺术家

给局长朋友信

一

我本来要去你那儿,但这里有事走不开。写信也一样,我想你会重视这件事的。我此刻的心情很急切,怀着这么一线希望。我接到了一位好朋友的信。他原来曾和我在一起工作,几年前调到了你们市里的一个区电影院。从信上看,他现在的处境糟透了。我心里很难过,但又帮不了什么,只好求助于你。你离他比较近,更重要的是,文化局局长是你朋友。你跟局长讲讲，让他随便关照一下，哪怕是去个电话也会好一些。总之，你看怎样好就怎样办吧。真难为你了。

他叫杨阳，今年二十七岁。他画油画，怎么说呢？说他画得多么多么好，大约你会嘲笑我。不过我讲出真实的感受，也就是我感觉得到的这个人，大约你不会取笑我。他几乎没有发表作品，也许只发过一两幅黑白插图也说不定。先后考过两次省艺术学院，没考上。他的事一直使我耿耿于怀，我怕他这样的人对付不了如今的生活。简单点说吧，我认为他是一个艺术家。

或者这样说，如果不出更大的意外的话，他肯定是个了不起的艺术家。

我想象的意外大概有两方面。一方面是他这样的性格不能取得周围的谅解，他又接受不了来自环境的各种刺激，接下去性情更坏，形成一种恶性循环。那时候他身体也糟了，精神也垮了。一句话，他完了。另一方面是他如果恰恰处于一个特殊的时代——这个时代有一个不识好赖艺术、不识大才的毛病，可以叫做艺术的瞎眼时代。这种时代无论其他领域有多大成就，但就精神生活而言，是非常渺小的、不值一提的。这种时代往往可以扼杀一个艺术家，使他郁郁萎缩，最后在艺术的峰巅之下躺倒。总之，他差不多也完了。我现在还来不及为这一方面担心，你知道，我担心的是前一个方面。

他在那个小影院里画广告画。那儿其实什么都上演，你知道这种场所是弄钱的。主要是武打片，偶尔也演演小戏、杂技和魔术。杨阳倒不在乎这些，他反正只是画广告罢了。据他信上讲，他的广告画在四周是有口皆碑了。不过是否对影院的利润产生积极影响他倒没提。你知道他过去在省里工作，后来得了病，病得较重，需要人照料，就要求回老家。那时候可能是疾病的影响，他显得急不可待，恨不能立刻调回去。我对他说，你来省城也不是一年两年了，要走也不用那么急，再说病也稳定住了。我的意思是走也可以，但要联系一个好点的单位。他说自己目前能到一个搞艺术的部门最好了。他说到这上面就发出"啧啧"的声音。他说如果能上区文化馆什么的，也很棒。我给他联系过几个地方。有个文学期刊需要美编，我就推荐了他。可后来没成。人家找画家看了他的画，说不行不行，他的画连造型都不准。再说又无学历。接着又联系了几个类似的单位，他们都以各种理由拒绝了杨阳。他万念俱灰，又想起了自己的病，就急急忙忙地联系了老家的几个单位，收拾行装了。

现在讲起这些我真后悔。我应该拦住他才好。因桌子也会发生冲突。我不敢说有很多人喜欢他。领导一次次批评他，连一些毛小子也要找茬儿训训杨阳，再跟领导汇报说："我们又批评杨阳了！"……差不多所有人都嘲笑他的画。人们似乎不能容忍在这样一个大机关工作的人在纸上画来画去的。要说的太多了，总之是他该离开这儿。他走的那天，我和爱人起早去送他。记得那个秋末的夜晚，下了冰凉的雨，我们一路都踏着残破的落叶。

那个市的文化局并没有让他搞专业。他们推脱说文化馆的人员超编，让他去电影院画广告。杨阳没有太多抱怨，干得挺来劲。除了画广告，他还要打扫卫生，抓逃票的人，等等。他尽管不太情愿，但总还是按影院经理的要求干了。事情糟到如今这个地步他也闹不明白。经理一天到晚对他吹胡子瞪眼，骂得非常难听。他有时真认为一个人刚开始搞艺术，无论如何还是待在大城市要好一些。那时候我更多地考虑到他在这个大机关的窘境，考虑到他的疾病。我想他离父母毕竟近了，那样会好得多。在这个大机关里，搞艺术的人天生就不能容身，各种烦恼都汇拢到你这儿，使你招架不住。杨阳当时二十多岁，刚来这个机关时也不过十几岁。他怎么得了这么重的病，我完全清楚。他也许真该走，回到他那片土地上去。也许他回去了，病也就彻底好了，我心里渴念着会发生这样的奇迹。老家来函，同意他回文化局工作，具体工作待定，大约要到文化馆画画之类。杨阳高兴得很，似乎这一生的问题都有了着落。我当然也松了一口气，替他庆幸。你知道，在这儿他会彻底给糟蹋了。他似乎特别不适合在这样的一个环境工作，因为他实在受不了。经理让他干这干那，稍不如意就是一顿怒斥，还扣掉他的奖金，故意羞辱他，不让他画画。你可能不知道，艺术天分很高的人往往有极强的自尊心。经理想方设法折磨他，还说：

"比你个熊样儿强的我不知制伏了多少,你算个什么玩意儿!"影院里分配宿舍,故意让他提要求——他与好几个修理影院房屋的民工挤在一起,身上爬满了虱子,他要求换换地方。经理哈哈大笑,说行行行。结果是新宿舍没他的份,还把民工中最脏的一个老头子塞到了他们已经极端拥挤的屋子里。他没办法,只得设法求人找了一间民房。那儿离影院稍远一点,经理就偏让他做夜班守场子,还要赶早班打扫卫生。只要来晚了一步,那就一定要大会批评,扣发奖金。杨阳要求调走,经理说:"没门。"杨阳连起码的自由都失去了保障。有一次他母亲病了,从另一个区里打来电话,办公室的人接了,说一声"杨阳不在","砰"的一声就扣了。他还常常丢信,有一次就从废纸篓里发现了我给他的信。

最奇怪的是杨阳自己也不知道什么地方得罪了经理。他真的不知道。我回想一下他在省里工作的情形,发现当时他对领导的厉声厉色也常常表现出迷茫。他好像什么也没做错,又什么都错了。

大体情况就是这样,你或许会根据这些找到一点办法。注意，听说经理与文化局局长也是朋友，不要在局长跟前说经理的坏话。你只说杨阳还小，不懂事，望他们照顾一下就行了。我不知道你与经理跟局长谁关系更深一些？总之你会找到适合你的角度的。也许这些在你看来不是什么大事。不过你千万帮帮忙，你相信我对他的判断吧，他需要你的手，真的。

二

信悉。你信中问杨阳与经理矛盾的根源在哪，这可得让我好好想想。不错，你只有找到根源才能对症下药。杨阳的来信又多又长，我曾竭力从字里行间分析着，问：到底为什么？

看样子经理是下决心要折磨折磨他了。这决不是一般的矛盾。杨阳说自己平时太拖拉，不会待人接物，甚至是没有给经理送礼，等等。我想这些都可能酿成矛盾，但不会是关键。他们之间肯定还发生过什么更大的事情，不然对方不会这样想方设法去整一个涉世尚浅的年轻人。我的每一封信几乎都要探根问底，想找出症结来。他的来信只说一些鸡毛蒜皮的事:什么刚到影院时给经理画了一幅像,画得太像,惹经理不高兴啦;什么有一次见经理爱人在街上扛着一块纤维板没有帮她一手啦。我知道这是被我的信逼急了,他挖空心思追记下的。怪可怜人的,看来他真的搞不明白。

有一次他来信中无意间流露出这样一件事:经理的女儿从师范学校放假回来,曾去看过他的画。她长得不错,真不像是经理的女儿。她来了两次,那副神气他很讨厌,等等。我看了心中一动:是否因为恋爱婚姻问题伤害了领导呢?你会明白,这个问题有时是很敏感的,特别是基层一些干部,自尊心都是很强的。比如说如果经理的女儿对杨阳有意,而经理也有这个想法,那么杨阳不理睬,拒绝了,经理就会觉得受了侮辱。发展下去,杨阳工作中是吃不消的。这都是我的假设。我后来直言不讳地在信中问了杨阳,问他有没有这种情形——经理方面直接提出的,或者仅仅是暗示出来的。我让他不要急于回答,最好是仔细想想,想想他的女儿那天都说了些什么,以及经理在他面前是怎样议论自己女儿的。更主要的是影院其他工作人员有没有人在他跟前说起过经理女儿，并有过试探性的话？杨阳停了些日子才回信。他差不多完全否定了这种可能性。只是他又如实地追认了关于别人在他面前议论那个姑娘的几句话——那天中午他正和两个人在影院门口安放广告牌，经理女儿从一边走过去了。其他两人都是经理的小耳目，很受重用，可他们这会儿远远打量着，说她的黑裤太紧了。杨阳信上写："总之，他们说得很下流，我没法告诉你。"

杨阳是个非常腼腆的人，十分内向。我曾经担心他永远学不会与女孩子相处。我不相信一般的姑娘会去爱他。他长得很瘦，背好像永远挺不直。我那时常用一只手顶住他的腰椎，用另一只手使劲扶他的胸部。他笑着,说："真是的。"那大概是说这样没用吧。他几天里也笑不了几次，好像永久地思考着什么。可是他如果笑起来，就会真正地笑一次——我从没有见过比他笑得更真更纯的人。那双眼睛完全像孩子一样，天真无邪。他笑了，两手垂在身侧，或者插在衣兜里。这个时刻如果我跟他说什么,他或者心不在焉,或者干脆不予回答。好像这一段时间在他那儿是专门用来笑的。他是可爱的吗？我觉得是这样。但更多的人不认为他有什么吸引人的地方。我们机关那时候姑娘不少，她们看也不看他一眼。临近的一个单位有一位四十余岁的姑娘常过来办事，互相之间都很熟悉。她比较漂亮，只是脸色不好，走路时轻手轻脚的。她十分喜欢杨阳，常盯着他的脸目不转睛，说："小杨阳，小杨阳。"有时还用手去抚摸他的头发。杨阳很不驯顺地一昂脖子跑开了。有一段时间杨阳负责保管图书，那个姑娘借走了很多，逾期不还。杨阳因此与姑娘恼了，她在楼梯上小步跑着骂："你这个小瘦猴……"当然，杨阳在画画中也有了他的女友，但那是后来了。他们最终也没有好到哪里去。你看，杨阳就是这样的人。他在这儿的姑娘眼中不是出色的青年，在你们那个小城里呢？我想经理女儿不会看上他的，他们的矛盾也不会由此而生。当然，这事你还可以考察一番。大概不会有什么事。

  仅仅从信上了解情况是不行的。你最好能到他那儿去一趟。如果能住上几天就更好了。你可能发现什么线索。一切都不会是无缘无故的,因为那个经理,虽然官职不大,但也要管理一个影院,一般情形下不会花费这么多精力去对付一个普通的工作人员。可是杨阳对我隐瞒了什么也是不可能的,因为他信赖我,寄希望于我,盼我能找熟人把他调出或是怎么的。他明白:我需要最真实的情况。

三

我在梦中见到了杨阳,他的样子使我一整天都不高兴,急着要给你写封信。这样也许会好一些。我见到他瘦骨嶙峋,面色发乌,头上长了青苔。我去握他的手,他的手冰凉冰凉。他领我到他的屋里去,我就跟上他走了。在一个大影院的地下室里,黑咕隆咚的,我不知踏过了多少台阶。空气越来越湿,气味难闻极了。有蝙蝠从里面飞出来,把粪便甩在我的身上。又走了一会儿,见到了一线光亮。杨阳说:"到了。"我一看,地上渗着水,铺着稻草,卧了好多男女。我凑过去一看,见他们都是麻风病人。我的心颤抖着,贴着滴水的墙往一边挪动。好不容易到了杨阳的小床跟前。这是一张小木板床，为了与麻风病人隔开一点，四周都挂满了画。我坐在床上，满眼里都是画。画的是各种各样的人，其中有少女，也有麻风病人。他们残缺的四肢使我不敢正眼去看。杨阳说他在他们中间惯了，终于可以画他们。这里有天然的模特儿。正说着话，杨阳的咽喉被什么卡住了。我转脸一看，见一只黑红的手从画页间伸出来，卡在杨阳脖子上。不用说这是个病人，我尖叫了一声。后来我醒了，吓出一身冷汗。

这个梦当然是不祥的。伙计，你来解解这个梦吧。

一整天我都感到有些恐怖，爱人问我怎么啦，我也没有回答。杨阳的实际处境幸亏要比梦中好。他的事近一年来成了我很大的心事。我现在甚至想，杨阳会不会一气之下做出什么让人吃惊的事呢？你知道他的性格让人担心。他成天不说话，你就不知道他在想什么，但一旦行动起来是很莽撞的，又没有人和他一起商量个事情。他绝对不能没有朋友，可如今偏偏就没有！我有个过分的要求，我想请你接信后去看他一下。哪怕谈五分钟也行。你把见到的具体情况写信告诉我，这样我就可以放心了。他的住处糟到何等地步，这是我尤其牵挂的。

上次我信上讲他离开了和民工合住的小屋，自己找了房子，但房子太远，经理又瞅这个机会治他，现在很可能又搬回来了。如果这样，算是糟透了。你跟局长谈话时，可不要忘了房子的事。杨阳如能有一间宿舍，在外面受够了气，回去还可以轻松一下。现在连这样一个地方都没有。他现在的住处比在省城机关里还要差，这是我远远没有料到的。那时这儿的宿舍太紧，单身汉不可能一人一间。杨阳与另外四人合住一间小平房，潮湿得很。那四个人都属于"积极要求进步"一类的机关干部，这类人不用说你会很熟悉。他们简直不给杨阳一点好脸色，下班回来时常常教训他、调弄他。杨阳利用业余时间到野外写生，有时回来稍晚一点他们就不开门。那四个人刚刚从下面调上来时我见了，一个个穿得很土气，当然也比较质朴。由于杨阳早来二年，他们自己显得很自卑，抢着与杨阳说话。两年之后，他们渐渐认识人多了，没事常到处长科长家串门，知道杨阳是机关里不受欢迎的人，于是就变了脸。四人之间也勾心斗角，但对付起杨阳来却是非常一致。这个嫌他的画"恶心"，那个就说"油漆味顶鼻子"，弄到最后就偷偷踢杨阳的画。有一次杨阳气得再也忍不住，一气之下抓起了一块砖头，他们吓得赶紧跑了。事后他们一齐去找科长报告，又找了副局长，说杨阳犯了精神病，要杀人。

　　杨阳当然精神健全。奇怪的是当时几乎全机关的人都认为他或多或少有点不太正常，他们眼里的正常，当然是与整个机关的气氛色调完全相一致的那一切，是一个人的极大的改变自己和掩饰自己的一种能力。面对生活，特别是这个城市的生活，一个人的忧虑多思和常常沉浸在某种情绪之中，是完全正常的。一个热爱艺术的人，一个有着如此良好素质的人，面对最丑恶和最绚丽的，不能不长久地陷于激动。至于那种所谓的"敏感"，也是完全正常的。人的各种器官不应该退化，他本来就应该敏感。不然麻木痴呆才算正常。在这个机关里，一个人要进步，首先要学会忍耐，要收敛起一切创造的能力和才华，要克制鲜活蓬勃的生命一次又一次的冲动。总之，要变得真正地平庸，而绝不仅仅是伪装出的一种平庸。

更可怕的是那些来自看不见摸不着的地方的压力。一个人在这样的环境下生活，就像在一个气压失常的世界里，身体的各个器官由于无法忍受而跟你抗议、捣蛋，你本人却一点办法也没有。首先是憋闷，是左胸胀疼，是极度的烦躁。那是什么器官在抗议？是心脏！是人体的动力源头！你忍受着，而且，要长年这样忍受。因为你没有办法。你向无色无味的空气抗争呼叫吗？在我们这个机关里工作，总有类似的感觉。你周围的大部分人都像空气一样，无色无味。他们穿着差不多的衣服，有着同样的音量和微笑说话打手势的方式。他们见了领导一律围过去，见了客人一律握手，见了颓废现象一律谴责。没有什么不正常，也没有什么对不起别人的地方。这是费时多年、用一种看不见的力量修造出的一张奇怪的、富有弹性又极为执拗的网络。一个人想突破这张网是不可能的。你用尽全身力气在网眼那儿挣扎，那张网于是极有礼貌地随你的挣扎凸出一块，迁就着。但你的力气渐渐使尽了，它就缓缓地用固有的弹力把你收回来，收到原地、网的中央。你如果不甘心，当力气缓过来时不妨再试一次，但我敢担保结果与以前相同。你只有坐在这张网的中央。

我体验到，生活中有一种力量无时无处不在，那就是要把生命扭曲、要它改变本色的一种力量。一个人生下来就是要与这种力量搏斗的，最后弄得精疲力竭。这种抗拒是自然而然地发生的，并且永远不会终止。大多数人，比如杨阳，他们与之搏斗的方向性和目的性都无从明确，所以才充满焦躁和烦恼。生命之火本来就应该熊熊燃烧，无论来自哪个方向的力量要将它熄灭，都会遇到顽抗。维护欲望和个性，实际上就是在维护自己仅有一次的生命。我实实在在地感到了杨阳的坚韧不屈和勇敢。这与他衰弱的躯体几乎是不相符的。他一声不吭地画下去，不停地创造，不理睬那些白眼。他现在的处境说来也是必然的，如果不是这样，那我就会惊讶了。真的，他天真质朴，他没有别的生活方法……

你去时如能多留意一下他婚姻方面的想法并对他有所帮助，那就更好了。他大约回去后通过别人介绍或别的方式认识了两个女友。一个早断绝了往来，另一个他正犹豫。这方面的问题我想也会是造成他痛苦不安的重要因素。我觉得他对两个姑娘都不怎么爱，谈不上什么炽热的爱情。前一个是个修鞋厂里的女工，据他说样子虽不太好，但很"古怪"——这个词你不了解它的独特含意，它在杨阳那儿是"极有特点""有韵味"之类的意思。他们谈得不错，她从厂里偷出一种布让杨阳作画，两人还去河边上散步。后来是女方的父母打听出杨阳在单位"干得不好"，"没有前途"，就硬逼姑娘离开了他。他开始苦恼，后来也就无所谓了，因为一开始就不是那种铭心刻骨的爱。后一个完全是别人撮合的，是郊区的一个打字员，人长得也不错，只是有轻微的狐臭。这倒不要紧。要害问题是她想借此缘由调到市中心机关工作，这就没有多少意思了。但她似乎缠住了杨阳。他又很软弱，经不起温柔的手掌。

四

不知你去了没有，我又想起了要紧的一件事。如果你去之前接到这封信就好了。我想请你当面劝阻杨阳，不要让他再那样画那个打字员了。这本来是个平平常常的事，可在那个地方容易弄成一件新闻。杨阳在来信中流露过这个意思，说如果经理知道了也许会抓住这件事做个大文章。不过他信上说为了艺术，永远不会对这些愚昧丑恶的东西让步。我在给他的信上表示了忧虑，但并没有干脆地制止。就他目前的处境看，这样也许不妙。

那个打字员是主动让他画的，做各种姿势。但没有画裸体，尽管杨阳很需要。顶多是她少穿一点衣服。我从信中分析了一下，打字员让他画的原因主要有两个：一是她想借此与杨阳多接触，巩固两人的关系，进一步将他缠住；再就是让另一个人画下自己来，她也觉得很有趣。杨阳曾寄来了关于她的三张素描，我想那是蛮动人的。你想，由于对方这样做的目的性不纯洁，他也就没有必要和她合作下去。再说我更担心的还有其他的问题。杨阳毕竟是个二十七八岁的小伙子了，对于异性的热情燃烧起来，也许会把理智抛到一边的。那时他肯定会加倍地痛苦。还有，那个姑娘的品行到底如何我们不知道。如果她为了达到与其结合的目的而胡缠起来，拙讷的杨阳会陷于非常难堪的境地。

还有经理。他不会放过这个机会收拾杨阳。那时候他可以理直气壮地骂流氓了，甚至做出更卑劣的事情。这样的事还是想在前面好。

我之所以让你当面劝他，是因为这是很难的一件事。你给他分析一下利害。我知道他在想些什么。在这儿的机关里工作时，他常懊恼地对我说："人体！必须画人体！"有朋友给他走了后门，让他去艺术学院画过几次裸体模特，他恨这一切开始得太晚了。你想他目前在一个小城里，遇到一个可以画的人是多么不容易。他不会轻易让步的。但他还是必须忍耐一下，也许这一切很快就会过去。

你从他那儿回来，如果时间允许，最好按我写的地址到他父亲那里去一趟。那是一个老实的退伍军人，曾经在朝鲜战场负过伤。你去了之后，跟老人讲一讲杨阳，使他相信他养了个好儿子——过去这位老同志是这样认为的，可如今不行了。一个在战争年代过来的人，见自己的儿子在单位上没有工作好是非常气愤的。他不相信儿子做的那一切都是有道理的，常常写信去责备，用命令的口气让儿子停止画画。他没法明白他的儿子已经没法停止了，就像难以突然间终止自己的生命一样。父亲的态度使杨阳感到压力很大，因此放假的时候都不想回去了。那个老人认为儿子在省里的大机关工作是非常光荣的，如今得了病调回来，虽出于无奈，也算做一次可耻的退却。

五

真感谢你去看了他。你所看到的一切或许比我告诉你的还要糟，这真不幸啊。我写到这儿，隐隐地觉得这不幸绝不仅仅是属于杨阳自己。

你观察了，询问了，也做了力所能及的劝解。可你说对杨阳与经理难以调解的矛盾更加茫然了。你说你一直在试图弄清这种矛盾的症结在哪里，见了杨阳以后，变得越发糊涂了。

好像杨阳与经理之间什么也没有发生。

我相信你的话。所以我对于经理一班人如此迫害一个手无寸铁（请原谅我用了这样一个词汇！）的年轻人而感到无比的愤怒。我心中无法压抑的郁愤使我坐卧不宁。为什么，凭什么？他严重地伤害了什么？他没有完成工作任务吗？你亲眼看见了他是一个什么人——面色苍白，瘦弱单薄，一双腿像儿童一样细，站在那儿颤颤悠悠的。

你一定会记住他的眼睛。我以前也跟你描叙过这双眼睛：深深的，亮亮的，透出了莫名的忧伤。这眼睛望着我，常常使我不知所措，好像要做些什么，又不知道怎么去做。不是这眼睛太复杂了，而是这心灵的窗洞太单纯了。一切都在这双眼睛面前化繁为简，变得质朴无欺。

我像你一样思索着怎样去缓解他与周围的矛盾，并力图找出其中的主要因由。看来一时无力做到。正像你信中所说的，他按时上下班，从一开始到现在，一如既往地完成领导交给他的任务。他不知道经理为什么恨他恨成这样——有时像是对他发泄着什么。这些当然导致了一定程度的抗争，但由于来自父亲和其他方面的压力，他的忍耐已经快要使他发疯了。

这里面简直像藏下了什么谜一样。每当我无力破解的时候，我就想从与他相处的那几年的情形中推导出什么。在这个大机关里，我说过，他显得格格不入。他从来没有伤害过任何人，对领导的指示也总是服从。不一定从哪个方向伸过来什么东西撞击他一下，使他晕头转向。他瞪大一双吃惊的眼睛四下看着，怎么也闹不清原因。我们的机关大楼很高，平常不开电梯，上下楼的人都走楼梯。我现在还能回想出杨阳急匆匆地在楼梯上奔跑的样子。他的头发被汗水贴在额上，一个人跑着。其他所有人都手搭扶杆，缓缓地踏着台阶。杨阳瘦瘦的身影在栏杆空隙里闪动着，很像一只小鸟在挣扎。我当时不知道，他那会儿病已经很重了，可他像我一样毫无察觉。他在楼梯上跑着，性子很急，老处长皱皱眉头说："胡乱跑什么？"杨阳赶紧放慢了步子。他像别人一样缓缓地踏着台阶，有时离别人近一些，又往一旁闪一闪。有的老同志厌恶年轻人挨得太近，生怕把自己挤下台阶，就用眼角扫着他。杨阳有时干脆立在一旁，孤零零地等候着。

这座机关大楼每到了午夜就变得幸福可亲了，因为只有这时候才是杨阳一个人。整整一天他都不吱一声，偶尔走出办公室，也要沿走廊边上蹑手蹑脚地走。办公的人们一声不响，这种气氛使杨阳大气也不敢出。他坐在桌子一边，两眼直盯盯地瞅着什么，有时眼神里突然有兴奋的火星在闪动，一只拳头不知不觉握得紧紧的。对桌的科长把眼一瞪，他的脸立刻煞白了。他怔在那儿，约摸有两秒钟，这才俯下身子去看文件。夜里，差不多有一半的工作人员要回到大楼上加班。他们忙各种各样的文件草稿、搞无数的表格，一个个窗口雪亮耀眼。好不容易熬到了午夜，窗口一个接一个熄灭了，最后只剩下杨阳的了。他从自己的屋子探出头来，见到漆黑一片的颜色，一颗心乱跳——他不止一次对我描叙过这时的情景。他小心地走近墙壁的开关，一抬手使两盏灯亮起来。接着他把走廊上、楼梯上的所有灯都开启了。大楼内亮如白昼。杨阳一个人在走廊上大步走着，又踏上楼梯，噔噔噔从二楼跑到五楼、六楼，又下到一楼。他衣衫湿透，气喘吁吁，最后才回到自己的屋里作画。

他画个不停，如果是星期六的晚上，干脆就画个通宵。这时候的杨阳就像换了个人似的，两眼犀利得可以穿透纸页。他的瘦瘦的胳膊像一根有力的桑条，弹性十足，狠狠地挥来挥去。这样他就忘记了周围的一切，忘记了他处于一个庄严的大楼里。他告诉我，有一天深夜他伏在桌上睡着了，一觉醒来，想起要去干点什么。走出办公室，就飞快地往顶楼跑去。后来他跑到了阳台，这才记起是来取一个石膏模型的，白天他曾在这儿画过。取了东西往回走，踏上楼梯，觉得所有的灯都在映他的眼睛。他压紧一道栏杆往下看着，见盘旋的楼梯围成的空间深不可测，下面灯光瓦亮。当他感到眩晕，就要离开栏杆时，这才发觉自己迷失了方向。到处都是一样的栏杆和台阶。扶手上了红漆；还有黄色的门，全都一副模样。他一个一个拍打着，没有一扇门对他开启。他拍得手掌都红肿了，还是没有回到自己的那一间。他拼命地从上往下，又从下往上，在走廊上奔波着。可恨的强烈灯光耀得他睁不开眼睛，他用力睁开，泪水就溢满了眼眶。这时候他觉得自己这么孤单。母亲，他那么想念母亲——"妈妈！"他喊叫着，四处回响，就是不见一个人影。

从那次迷路之后，他再也不敢一个人深夜待在大楼里了。可他又不愿回到自己的宿舍，与那四个人待在一起。我不相信一个人会在机关大楼上迷路，因为楼梯和走廊都是极其规整有序的，而且每个工作人员对这个场所都熟透了。杨阳不愿反驳我，我知道他是无须反驳的。他更多地与我谈着他的画。也说他现在最难以战胜的一种东西就是思念——"我想回去，去看妈妈。"他的长眼睫毛忽闪着，像说给自己听。

就是那个夏天，机关的一次身体普查中，查出了杨阳的病。他是最年轻的一个，但偏偏他的病最重——肝脾综合征，脾脏的血管随时都可能破裂。那时就会大出血，那么我们的杨阳也就算完了。机关门诊部不敢马虎，一边给他治疗，一边联系地方住院。大约住了半年院，他又被送到一个疗养院去了。我多次到院里看他，他跟我说的只是妈妈和油画。

你知道，杨阳的性情很可能是受疾病影响所致；但他的疾病又是怎么形成的呢？

写到这里，我又想到了他与经理之间所存在的可怕的矛盾。这种矛盾的原因我们搞不清，但都知道它是不可调和的。正像杨阳最终也没有被这所大机关所接受一样，那座小小的影院也不会接受他的。我甚至觉得，这个大机关的办公楼上，每个人都有一个位置，唯独杨阳从来也没有过。他的办公桌所安放的地方曾经是他的位置吗？也说不上。发工资的时候有杨阳一份，仅此证明大楼上有杨阳这个人头。可发完工资，杨阳又哪去了呢？他走了，去医院了，疗养院了，后来又调回老家去了，终于大楼上无影无踪了。他消逝得干干净净。这儿始终不承认他该有一个位置，他如果坐在那儿，就与四周的一切分外地不和谐，最后他走了，生病了，也就是自然而然的了。我依此推断那座影院里也没有杨阳的位置，像在这儿的大办公楼一样，他甚至连一点足迹也留不下。这座大楼至今还有杨阳的那张办公桌，不过是给推到了杂物仓库里罢了。因为人们都知道杨阳是得过重病的人，也就不愿使用他的桌子，害怕传染，所以只好搁起来。等到时间把杨阳的气味完全冲洗干净了时,也许会有人去搬出那张桌子使用。

我想我们挽救(请原谅我使用了这个词)杨阳的工作正在紧迫起来。因为在那种恶劣的情形下,他的旧病就会复发,那时候怎样诊治都无济于事,他也就彻底消逝了,连同他的油画一起。

给画院副院长信

一

也许您对我的推荐和请求感到有些荒唐。您接着会原谅地一笑,因为我是您的朋友,还是一个门外汉。不过我拒绝您的宽容和谅解,因为我要更固执地坚持说:他是一个艺术家。

我的判断愿意迎接一千个大艺术家的挑剔,甚至愿意等候你我都难以亲睹的时间的考验。是的,他是一个注定了要把自己的一辈子交给艺术的人,是在人丛中闪闪发光的一个人物,一个只需用肉眼就可以鉴别出来的艺术家。

您看了他的作品也许会拒绝他。那样可真是太悲惨了。拒绝过他的所谓艺术家已经不止一个了,但愿您可不要去凑热闹。您拒绝他的理由我会想得出,那就是您会认为他的技巧尚不圆熟。如果是这样,我将无言以对。

不过我很快会直言不讳地问一句:对于一个艺术家、一个真正意义上的艺术家,在他获得巨大成功的诸多因素中,属于技术方面的东西到底有多少?不错,您会说一个人在技巧上的磨炼也许要花费一生的心血——但最终决定他是不是一个艺术家的,恰恰还不是这一切。决定的东西在于他是不是一个独特的生命。生活会自然地赋予这个生命很多很多,这个生命于是就成长起来了。反过来,一个人只要接受刻苦的严格的训练,常常都会具有圆熟的技艺。而以技艺相传的,只会是一种行当,或叫做一种职业。而艺术,我的天,你能叫她是"职业"吗?

世界上有什么还会比艺术更好地体现生命的冲动和力量;有什么比艺术还会更贴近生命的本色和

原力？

对于一个艺术家，他不能容忍从职业的角度去理解他的工作，因为那样就包含了一种侮辱。而这一切正是别人所不能理会的。

我正是从以上的意义去鉴别艺术家的。我有我的原则，坚定不移。技术方面的眼障顷刻坍塌，我不相信我自己莫辨真伪。我也许是一个低能儿，但我不能不忠于一种质朴的真理。于是，我只能毫无顾忌地向您进言：请您将世俗的一切偏见抛到一边，做一次勇敢的人，伸出双手去迎接一个有灿烂前程的人。

他的境况简直令人不能相信，可以说是步履维艰。他像很多艺术家一样，无法维护自己正常的生活。我想这方面的缘由您会理解。现在需要您做的是扶持他一把，尽可能地把他迎接出来。我想他在您的身边会工作得很好，您四周的人也较能接受他，因为大家都在搞艺术。在这个世界上，我想他是最适宜于栽培在您这样的花盆里，如果他在您这里也不能落脚，那真是令人悲哀。正像很多后来被公认的艺术家们一样，他现在还刚刚开始，一无所有，您当然要去看他的画，那是他的作品。您看吧，您可能一下子喜欢上了。不过他本身就是一件艺术品。您见了这个随便的、有几分拖沓的小伙子，见了他的忧郁的眼神、薄薄的缺少血色的嘴唇、说话时有些颤动的嘴角，您会感到一阵隐隐的震动。

一个真实具体的年轻人站在了您的面前，让人不敢正视。

他可以区别于您所看到的一切人。而这之前也许您很少见过这样的情景。不是吗，生活中那么多人，人流汹涌，面孔陌生，但您会漠然地一眼扫过。他们身上缺少真正能够触动您的一点什么。这就是说他们太平淡了，似曾相识，缺乏更深层的陌生感。您没有感受到更具体的一个人，这个人是从土地上生发出来的，带着丰富的汁水，欣欣向荣，而绝不是一个干枯的标本。他的任何像植物身上的茸毛和枝蔓都没被修削，完整无缺。他没有被打扮、被修饰，与身边的那一群无法调和混淆——您一眼就记住了他。

谁来鉴别他呢？让汹涌而过的人群去携走他吗？不，他们会自然地淘汰他，认为他是一个在未来的路途上连累别人的人。他站在那儿，极度孱弱，赤手空拳。可他对于人间的困苦特别敏感，见了悲伤和不平就会唱一曲抚慰的歌、抗争的歌。他纯洁无瑕，一辈子也不会饮酒。几乎所有的空余时光都被他牢牢地抓住了，他在那时刻里倾听天籁。您是个艺术家，我们的友谊也许很独特。我差不多等于手扯手地将他引到了您的面前。

您来鉴别他吧。

二

原谅我的冲动。也大概说了不少大而无当的话。不过那是我心中的谏言。现在我想，为了能把他尽快地调出那个荆棘窝，您只要让他进画院就行。您看一个画院中有多少杂七杂八的事情？他做什么都可以。

如果一开始就调来搞专业，恐怕周围会议论的，反而行不通。我们这儿的画院有一个门市部，经营书画纸砚，工作人员都是从待业青年中招来的，大多是女孩子。您那个画院是否有类似的地方？如有，杨阳去卖书画也很好。他在业余时间会学习画画。您是搞国画的，但在艺术上一定也会给杨阳很多帮助。

原单位放他走也是一个问题，这方面我正找人帮忙。他们不放他走主要是想捉弄他，让他精疲力竭，而绝不是喜欢他赏识他。这种勒索当然令人无比愤怒，不过我相信不会持久的。我正设法通过一个局长去解围，如果奏效，他就可以调出来了。因而找一个好的接收单位就变得迫切了。他如果再调到一个类似影院那样的地方就彻底毁掉了。

您如能调他去画院，他的生活将发生重要转折，也许一生都难以再有比这个更好的机会。说起来太可惜，七七年刚刚恢复高考制度时他只差一点没考进省艺术学院，但他的成绩可以上中专艺校。一位美术老师看过他的画，断言这个杨阳肯定是艺术学院的料子，不要贪眼前小利进一所中专。杨阳于是放弃了一个机会。后来当然艺术学院没有考上，原因与上次相同，文化课的分数偏低。

有个事情倒值得告诉您：杨阳在中学时曾参加过

一次地区级画展，中央美院的一位教授看过他的画，说杨阳的天赋极高。他现在仍与教授有通信关系。

三

您对杨阳很感兴趣，这使我获得了某种安慰。您问他与影院经理如何酿成了这样深的矛盾，我却无法使您得到满意的回答。我的另一个朋友也问过这个问题，并亲自去看过，同样没有结果。您怎么也对这个问题感兴趣呢？我又怎么回答您呢？

当然，我明白一个接受单位总要关心这一类问题的。不能糊糊涂涂地调一个人来。

但这个问题连杨阳自己也回答不了。他至今闹不明白经理为什么那么恨他，处心积虑地要折磨他。最近经理又有了对付杨阳的新点子，就是让他专门负责打扫场子——广告画让邻近一个工厂宣传科的人画。这使杨阳不能容忍，与经理大吵了一架，接着病了好多天。杨阳在那个区里不用说是最厉害的画家了，这会儿却连画广告的资格也没有，这种侮辱太过分了。

我曾多次研究过他们之间的症结在哪里，但都搞不明白。我现在只能假设经理这个人有一种折磨人的癖好，是个虐待狂。不折磨别人，他就无法平静自己。我曾经听人说过乡间有一个狠毒的老太太，一生富贵，晚年令人咋舌。在告别人世前的五六年里，她残酷地蹂躏身边的人。她可以一夜一夜不睡觉，监督跪着的使女，让她头上顶个瓷碗。她发疯似的指使四周的一切，让整个大院里的人像热锅上的蚂蚁那样奔波，别人不准大声说话，不准笑，连脚踏地都不准发出咚咚的声音。离她十几丈远的一个长工夜里打呼噜，她让人把他赶紧扼死——人们把长工偷偷赶跑，回来禀报说已经埋掉了，她这才舒了一口气。她要喝鸡汤，但不准许别人宰鸡，而是让人把鸡缚了翅膀和双腿递给她，由她亲自拧断鸡的脖子。她离开人世的最后一刻也该记上一笔，因为这是绝无先例的。她大口呼气，眼看就不行了，儿媳抱着孩子说："快哭奶奶！"小孙子伏在一张松弛的老手上，这只老手抖着，却越收越紧，死死攥住了一只嫩嫩的小胳膊。小孙子疼得大哭，老手还是不松。一家人吓得喊起来，好不容易才把她的手扳开，见她已经过去了。再看小孙子的胳膊，留着深深的指印，有好几处流出了血。

这就是那个老太婆的故事。有些人年纪不是特别大，心态与她却差不多。他憎恨一切比他鲜活的、真切的、生动的东西。任何东西以任何方式展示出美丽的姿态，都要引起他的刻骨嫉恨。要与他平安相处，也许只有装出一副临近死亡、畏畏缩缩、垂头丧气的样子。他不承认生命的规律，也不知道自己的来历，想像金石那样的刚劲不朽。他是世上最愚蠢的人，却要用这种愚蠢的刻度去统一一切。人类不能没有歌唱，就像绿色中必然要绽开鲜花一样。有些人喜欢寂死无声的世界，这样他的嚎叫才会显得惊天动地。你要让那样的人震怒是十分容易的，也是自然而然的。你的血液只要是鲜红的、滚烫的，只要还在奔流，他就不会容忍。这种恨看起来像是无缘无故的，但这种恨恰是最为可怕的。我之所以找不出经理与杨阳矛盾的缘由，其原因就在这里。为了什么事情闹到了势不两立、一个偏要将另一个制伏制死呢？谁也说不上来。

写到这儿我想与您讨论更多的问题。比如说，为什么有人虽然也享受着艺术成果，但却常常对真正的艺术家表现出莫名的怨艾？这种怨艾甚至滋长蔓延，演变为深刻的仇视，他们并且乐于展示这种冲突，显得自己格格不入。而在一定的时机，又恰恰是这部分人最容易附庸风雅，装出一副十分在行的样子，像抓住了一只麻雀那样，要把艺术拳在掌心里。这种令人哭笑不得的事情并不罕见——您是画院的领导人，大概见得更多。我想一些心智苍白而又品性恶劣的人，必然会表现出这样的变态心理。他们面对五光十色的生活，麻木不仁，百无聊赖，往日的放纵使他们如今已是无可挽救。但他们又不甘心让人们听到呻吟的声音，于是就放肆地谴责他们嫉恨的一切。艺术是心灵旺盛的泉水滋养出来的，所以那些心底枯干的人最容易迁怒于艺术。他们可以标榜自己是与艺术家格格不入的"另一类人"，而绝不愿承认自己是一个颓废衰败的人。其实艺术家最为神奇又最为平凡，就像一粒沙子那样普通：他只是人类当中应有的一种现象，就像天空必然要发生的放电现象一样；

他说到底是一种劳动者，是人的最本能的创造欲望的体现者。从这个意义上讲，仇视艺术家的人不仅天性顽劣，而且不可理喻。说到底，对艺术家的那种怨艾和仇恨也可以看做一部分人的本能，那就是出于对一种旺盛的生命力的恐惧和嫉妒。

　　再比如说，为什么艺术家的行列里能够潜下更多的浑蛋和无赖？他们奇怪的是偏偏要打扮成一个艺术家。这些人好比花蕊里的虫子，伪装成花朵中间活动的生命。这是不是因为一种劳动复杂到难以言说的地步，反而更容易掺假？它不可言说，只能用一颗心去默默体察，因而沉思不语。一个伪艺术家是难以识破的，即便辨认出来，也不容易说得清晰。人们提出的证据只能是一种感觉，而人世间的任何法庭都是排斥感觉的。有的人说到底是人世间最懒惰的人，游手好闲，惧怕劳动。任何物质生产都是可以触摸的，实实在在，可以用尺量，也可以以数计。那儿没有他的藏身之地。于是他就选择了精神劳动。这种人的贪婪是远远超出一般人的，他为了攫取更大的利益，常常使用最残酷的手段，用真正陌生的方式去把艺术家们击倒。更为恶劣的是，他们是那些仇视艺术者的天然盟友，内外勾结，险恶非常。

我不知道要做一个真正的艺术家有多么难。他们除了因为沉浸在那样一个瑰丽的世界里痴迷忘返、懵懵懂懂、不知不觉被脚下的自然坎坷绊倒而外，还要提防另一类人从后脑那儿伸出的棍子。任何打击都首先指向大脑，因为那是人的核心地带。他实在太需要保护了，太需要谅解了。这样的艺术家不仅在熠熠生辉的时刻里需要援助，而是从刚刚起步时就要有人扶持。杨阳就是这后一种情形。你问他与经理矛盾的原因，我不能回答得再具体了。您是副院长，您比我更有资格回答——请原谅我的刻薄。我只是要求您能赏识他，帮助他。我觉得您在献身给艺术——既然这样了，那么我的要求就不过分了。

我这次唠叨得可不算少。您爱怎么想就怎么想吧。您可以微笑着看待我的激动。您只要明白，我的激动是因为我要给您推荐一个艺术家，他很困难，他很年轻，他很危险！您明白这些也就行了。就写这些。

四

把他来这个大机关以前的情形告诉您吧，您可以更好地理解他和他的处境。整个过程简直是一个悲剧，我极不愿意谈它。

那是杨阳两次高考失败之后的最沮丧的日子。街道上请他画一些宣传画，他干得非常卖力。为了排遣心中的不快和焦虑，他把那些画画得又大又亮。各种颜色向人直逼过来，看上五分钟，像被各个方向伸来的拳头揍了一顿似的。他握笔的姿势让街道上的人觉得好生奇怪。他们认为的画家只是平常在街头阳光下给人画肖像的人——那些人两眼如鹰，戴着老花镜，小心地捏紧一根碳梗硬描。那才是画家哩！而杨阳瘦弱不堪，站在竹皮做成的长条脚手架上，衣服被风吹得皱到了一边去。小家伙的大笔往上一捅一捅，一会儿就捅出一轮太阳一片田野。围着观看的人真不少，老太婆们吸着嘴，发出"夫夫"的声音。

观看的人当中有一个络腮胡子的人。这个高个子，五十多岁，两眼生得很厉害，看上去醉眼蒙眬。

当时谁也不知道，就是这个人要决定杨阳的命运。

他一连几次来看杨阳画画，他是省里一个大机关下来招选干部的，是一个处长。他毕竟在大城市工作，并且他的儿子也学油画，他慢慢看出了面前这个小伙子是个"好材料"。当时他的心有些痒，走开两步又退回来，最后大概下了决心。

第二天，他向当地有关领导提出：这个人要带到省城里去。

这个消息震动了半个城市。人们都为杨家的人高兴。那个大机关的名字可是吓人的，去那儿工作当然了不起。杨阳的父亲是退伍军人，老人无比兴奋，没有商量就一口答应了。杨阳当时也觉得非常愉快——虽然他已经感到了有什么不对劲的地方，因为他酷爱画画啊。他高兴的是作为一个人，可以初步结束在十字街头上徘徊的尴尬了。走吧，去省城！去那个大机关！

就这样，杨阳被处长带走了。他启程之前曾在被窝里想过：这回要亲眼见到那座更大的城了！他要把城里的所有楼房，甚至是所有的窗户都画下来。

他会见到很多很多的画家，结识很多很多的画伴。什么也别想阻挡他，他要画个天昏地暗，不停地画，把居住小屋的天棚、地板、四壁，全都画上鲜亮优美的图画。那时他就算居住在图画之中了。他甚至想过要在将来寻找一位美丽的体积很大的姑娘，把她也画到画里；如果她愿意，他完全可以把她的身上也画上画，画上美妙的阳光下的水滴和绿色的蜻蜓，画上红艳艳的果子……第二天启程了，第三天就来到了省城。

他不觉得省城有什么好，黑色的烟雾漫在空中，他从车窗往外看了一会儿，后来一抹脸，抹下两点油灰。油灰是从哪里来的？

开始分配工作了。处长把他交给了副处长，副处长又把他交给了一位科长。科长是南方人，说一口古怪的普通话，并用这样的话扼要介绍了机关的性质，此次招选干部的标准、目的、其他要求，等等。接着，与杨阳同来的一大帮子人，都被送到一个机要训练班上去了。

杨阳这才知道大家都来做机要工作。训练班的纪律难以想象的严明:吃饭和上操按时准点,站队报数;一个人不准外出,走得稍远了必须报告;信号灯一亮,要马上坐在操作台前;一分钟内拍打多少码子;准确而迅速的换算……杨阳适应起来也快,半年下来,就像个机器人一样准确无误。在整个训练班上,他的各项成绩最好。又停了半年,训练班结束了。生活虽然依旧紧张,但毕竟不是在接受训练了,这就松弛了一点。杨阳于是又想到了他的画。

接下去的日子里他像害了热病似的,坐卧不安,口渴烦躁,一双眼睛里有什么在燃烧。周围的人找来了科长,又找来了那个目光蒙眬的处长。处长看了他一会儿,当证实了人们报告的事情属实时,就慢声慢语地说:"杨阳,你可要努力啊,不要使领导失望。"杨阳紧紧地盯着处长,几乎是喊了一声:"处长!我要画画!"处长一愕,立刻摆手:"不行,你是个好材料……"

杨阳哭了。他再没有吭声。

最可怕的要算值夜班了。那时候整个大楼漆黑一片,只有杨阳一个人。他害怕极了,但夜里偏偏记起的是小时候听过的鬼故事。他一闭上眼，就看见无数的鬼在长长的走廊上跳舞，五颜六色，好不容易睡着了，突然信号又响起来，"哇哇哇，哇哇哇"，像小孩子哭一样。紧接着红灯绿灯交错闪亮，自动呼叫系统也发出声音来。杨阳搓揉着眼睛，一颗心嘣嘣跳着奔向操作台。工作时间也许只有短短的时间，也许只是演习，但杨阳从工作台上下来，再也睡不着了。白天要照样上班，因为值夜班轮流安排，每人在工作室睡一个星期。

杨阳在跟我叙述那时的情景时，常常要不时地回头看看，好像那段生活就在身后一样。那时他已经不做机要工作了，离开了操作台，做了机关资料员。那个处长好像失望得很。

他被调离机要岗位是必然的。因为他后来不顾一切地画了起来，疯迷了一般。我曾见过他画的一张操作台的油画，那真是一幅杰作。我认为肯定是杰作。我不相信有人可以产生如此奇异的联想。在机要操作室里，一切都是依靠坚硬的逻辑而存在的。每一个衔钮都是严厉的，冰冷的。而杨阳却让它们有了热情,有了生命;连飞旋的电波也有了光色和性别。您如果看到这幅画就好了。这是件非常可惜的事情。我当时望着这张画,身上一阵阵燥热。您看到的会是人间一块特殊的田野,上面衍生了一些特殊的生命。生活中灰迹处处,蛛网丛生,只有火热的电波在歌唱。那些密密的按键被一种无形的力量击中了,痛苦欲裂,嚎叫声使人发疯。红的灯绿的灯摇曳不停,像升上半空的水莲。自动呼叫系统的鸣声器像人的眼睛,怪异、深邃,蕴含了深深的愤怒,张望着所有的人。看不见的黑暗处好像存在着另一只独眼,那仿佛是一个老人的目光,一会儿善良一会儿狠毒,无声地笑着。风在吼叫,机关大楼的尖顶摇震起来。只有操作台正上方的工作灯像一只蜜桃,水灵灵鲜活可亲。一群蜜蜂卷成筒状,在窗外旋动,背景是中间蚀了黑洞的银月。电火花响着……这样的一幅画。我无法讲得清。最不幸的是它被副科长看见了,于是很快传到了处长手里。

　　我以前说过,处长的儿子也是画画的。处长看不懂杨阳这张画,就回家给儿子看。他的儿子一把抢到手里，盯着画大口喘息，不愿吃饭。后来，他用拳头擂着桌子，不知为什么哭了——这是处长后来跟别人说的，具体情况不得而知。反正是那张画再也没有送到杨阳手里。只是不久处长儿子来找杨阳了——杨阳接待了他，谈着，沉默着，一个小时过去了，突然处长儿子插上了门，反身坐下，哭了起来。他说："原谅我，原谅我……"他抱住了杨阳，用脸贴了贴对方的脸，又坐到原处。两个人还是沉默着。不一会儿，同屋的人回来敲门，处长的儿子坚决不开。这事于是惊动了处长，他亲自砸开门领走了儿子。

杨阳告诉我这件事时，两眼闪射着光亮。他说处长儿子是个少见的人物。我问他有没有才华，他点点头："当然有。"停了会儿他又告诉我："那张画被他撕掉了……他后悔了，又从垃圾桶里取回来，拼接贴好，可已经不成样子了。"我吃了一惊，赶忙问："为什么？"杨阳说："你问他吧。"

到底为什么，我想只有处长知道。因为事后他果断地决定了两件事：一是将杨阳调离机要工作岗位；再就是不允许儿子与杨阳接近。他们后来真的没有再见面。为这事杨阳曾经十分痛苦,时间长了才略好一点。处长说过:"世上有一个疯子就够了;两个疯子分开也好得多。"他的眼睛没有神采,可是我从日常的接触中发觉,处长是个聪明绝顶的人。他显然藏下了更隐秘的心思。他很爱他的儿子,并且极其看重儿子的绘画才华。我越来越感到困惑的是,他为什么不让杨阳与他儿子一起切磋,又为什么不从艺术事业的角度稍稍支持一下杨阳呢?他的心底未免也太幽暗了一些……后来我又多少原谅了他一些,因为我觉得一个人心灵的空间可以开通和间隔无数间,我无权简单化地理解一个父亲与一个儿子的特殊关系。

处长能够从遥远的地方将杨阳招选到省城,能说与儿子的事业无关吗?究竟是哪根神经受到了触动,使他下了那样的决心呢?处长故意将一个天才禁锢在机要室里,让红绿灯闪乱他的双目,能说与儿子的事业无关吗?这种关系又是什么?这其中有什么心理在作怪?而最后,处长又为什么坚决制止两个酷爱艺术的年轻人接触?

我回答不了，亲爱的朋友。

我只大胆假设一个事情，这就是，在处长的儿子看到杨阳那张画的那一刻，长久蓄成的一种自信心在这一瞬间被彻底地击垮了。处长的儿子流出的是绝望的眼泪。

接着，杨阳就是一个无足轻重的资料员了。这对于他倒是个好事情。他一度很感激处长。但渐渐事情有了变化。他发现没有人对他退出机要部门一事表示谅解。机要工作是神秘而神圣的，一个人从这个岗位上被剔出来，就好比谷地里拔出的一棵莠草。人们猜测着这个瘦瘦的小伙子有什么毛病，是否被查出了什么历史问题、现行问题？是否行为不轨？还有人说这个小伙子之所以瘦削不堪，是因为邪癖在身，记忆力减退，当然不适宜做机要工作啦。杨阳紧咬着牙关。他只是画着，利用一切间隙画着。

他的画很多很多，据人讲藏在了什么地方。他有一次给我看过一张人像，我看着看着愣住了。这是处长的那个儿子，绝对没错！

被画出的小伙子是让人永远难忘的。杨阳那么敏感准确、那么犀利地一下子抓住了对方肉体之内深潜的隐秘。我甚至不敢久视画面上的一对眼睛。这对眼睛初看像女孩子的一样美丽温柔,可慢慢又可以看出一股凶悍的光焰在跳荡,那瞳仁像针尖一样又亮又小,咄咄逼人。再看那被一轮朝阳映红的头发,乱蓬蓬,一绺一绺,好似狂风中不甘熄灭的火苗。我吸了一口凉气,说:

"我知道你画的是谁。"

杨阳的目光暗下来,叹息一声说:"没有人读懂我的画,只有我画的这个人除外。"

当时我们都沉默着。那一天我们在黄昏的天色里沿一行白杨走了很久。那是个深秋的日子,我们把一行白杨走尽了,又奔向一溜红枫。枫树叶儿已经有不少落在地上,杨阳取一片最红的放在手里。一道挂了青色石英墙皮的大墙在红枫的另一边。那是个陌生的、秘密的大院。大院十分森严。我们常常在这条路上走过,我很喜爱这条路。结婚以前,我与爱人常常走在这条路上。杨阳看了几眼高墙,没有做声,奇怪的是从来没有人问过这是个什么大院。

我们一直走到天色漆黑才折回去。那天我请他回家里一块吃饭，他拒绝了。

杨阳的肖像画使我知道了他长久地惦念着一个人。这个人是他的朋友还是敌人？这是两个刚刚握手随即分离的年轻人。

在给我画看的第二三天，他病倒了。这次病把他折磨得太厉害了。发烧，说胡话，刚刚清醒就跟我要一样东西。我好不容易听明白了：他让我去宿舍取来那张画像放在病房里……不久就是机关体检，再不久就是杨阳查出了大病、再一次入院、到疗养院，直到调回老家工作。

他走后不久，我在一次偶然的机会见到了处长的儿子。这个年轻人已经完全变了一个人。他衣衫不整，神情沮丧，瘦得皮包骨头。我与他说话，他傻傻一笑，摇摇头走开了。后来我才知道，处长正为儿子忧心如焚，曾请了不少医生给他看过。这些医生大多是神经科的，他们都表示无能为力。后来有一个内科医生提议请一个肠胃专家来看看，他说人的一切疾病差不多都是胃的毛病引起的。处长冷冷笑了两声，再也不为儿子请医生了。那个小伙子常常在机关大楼下面转悠,再也无心画画。

　　这就是杨阳在这所机关的大致情景。您或许可以从中了解一下杨阳和他的艺术。我想这不仅仅是杨阳个人的悲剧,因为其中至少包含了两个角色。我不理解他们。我只知道他们是一对熊熊燃烧着的人,酷似一对孪生兄弟。可他们却是那么不同。

　　处长现在仍旧是处长,只不过几年来皱纹骤添。

五

　　杨阳又来信了。他被爱情困扰着,也被画困扰着。我读着他的信,有时真想让他直接找您一趟。当然这不稳妥,因为您太忙了,这需要您的应允。

　　他的信上说,夜晚他怎么也睡不着。为什么?就因为他构思的一幅新的作品上,有一架风车,有盐——他想到了盐的光亮,怎样在画布上表现这光亮……他的确是被盐的光亮激动得睡不着的。您看,就是这样一个脆弱的艺术家。我敢说能被食盐的光亮激动得失眠的人,肯定是一个艺术家。

食盐在这儿仿佛又成了我新的尺度，但我是认真的，您也一定会同意我的。

我心中一阵阵急躁，不断回忆与他在一起的情景。我发现我需要一颗纯洁的孩子般的心灵的陪伴。我也需要艺术的滋养。而这二者杨阳身上都具备。眼看着他在一个暴君手下受苦受难，我不知怎样才好。您的回信给我希望，我也完全能谅解您对于这件事的一切看法以及解决它的所有步骤。您显然是对的。您考虑问题是艺术家的方式，但更是一个行政领导式的。也许您的办法才切实可行。

还需要我活动一下他身边的什么关系，请您告诉我。

对了，我不得不提一下倒霉的海参，我看出来了，您是迫不得已才告诉我的。不错，杨阳的境况得到改善、他最终要调出来，最后恐怕还是要借助于文化局局长的力量。通过一个人——这个人的选择我尚需再想想——送给局长一点海参是必要的、必不可少的。不过我打听了一下，最近海参是极不好搞的，而且贵得吓人。我想商量一下，海米能不能取代它——当然数量可以多一些——能不能呢？

我不得不在信上问一问。悲夫。

六

收到了您的信。事情是这样，杨阳回老家之后谈了两个朋友。第一个结束了，第二个尚未结束。但没有定下来。这个事情当然关系到调动，不过问题是那个朋友并不理想，杨阳与她没有中断关系，完全是他的性格所致。

您要是读一下他关于这方面的信就好了。杨阳性格中刚强和柔弱两个方面都让人吃惊。他太善良了。目前这个是个打字员，杨阳多次画过她，我也看过寄来的一些素描。有一些，显然作者倾注了巨大的热情。不过杨阳要画一棵树也会这样的。他信上说，她有时很美，不过有点狡猾，像小狐狸那样。这又有了另一种可爱。不过问题是他已经感到了她不是十分爱他。她如果被他所爱，那么他会终生不渝。他就是这样的一个人，是一个真正的男人。他回去工作后遇到的第一个朋友曾经强烈地打动过他。那是个修鞋女工，据说她的脸有些红，眉毛弯弯的，一笑起来嘴巴有一点歪。杨阳像欣赏一件艺术品一样，曾仔细地、快乐地向我描绘过她。他说："也许我与她再也不会分开了？"这句话的后面不是句号也不是叹号，而是问号。

他说他那时很多的作品中都有一股暖融融的调子，几乎比任何时候都爱使用明亮的黄色。他自认为那时的画是很棒的，"绝对来劲的东西"，"我明白自己是怎么了"，"这一切也许会过去的？"他后来的话中总是使用问号。这反映了他那颗兴奋而忧伤的、动荡不止的心。有什么不好的东西在隐隐地渗透，他艰涩冰冷的生活中印上的这一道阳光正缓缓地消逝。他说他们散步的时候，他更多地想起的是在大机关工作时的情景，那时他似乎真的爱上了一个人。可惜在一切还远远没有成熟的时刻，他被疾病折磨得倒下了，最后离开了那座又混乱又温暖的肮脏的大城市。

杨阳在机要训练班上认识了一个戴眼镜的姑娘，她是一位机要员的妹妹，当时正在机关门诊部工作。

她的名字很怪，叫"咕咕"——杨阳奇怪地盯着她的脸，说："咕咕咕。"——他不知怎么多叫了一个"咕"？听起来有点像斑鸠的叫声。姑娘的脸唰地红了，杨阳也不好意思地退开了一步。他这样叫她的名字完全是无意的，那只是发音器官的某种惯性作用。他还小，远远没有学会逗姑娘呢。他是真正腼腆的孩子，他自己就像个姑娘。咕咕常来看哥哥，渐渐跟杨阳熟得很了。她曾摘下眼镜让杨阳戴上试试，杨阳戴一下赶紧拿下来说："晕死了。"又说："这么晕你都能戴，真行。"咕咕哈哈大笑。杨阳第一次见到了摘去镜片的一双眼睛：她的眼睛这样大、这样柔和，像两湾深深的湖水。他喊了一声："哎呀！"

后来他凭着记忆画出过这双眼睛。

咕咕高高的个子，皮肤并不很白。她在门诊部搞注射。让人见了最难忘的，除了那双眼睛，还有顽皮的嘴角。这样的嘴角与温柔文静的面容形成了很大的反差。她在那儿搞注射，杨阳就不去打针。他的身体很弱，需要打针的时候很多，但他总是忍着或到别的医院去。他说，他自己很脏，很脏很脏。

咕咕是一尘不染的，像阳光一样明亮和洁净。

结果杨阳最后查出大病来了，烧得迷迷糊糊，被抬到了门诊部。给他注射的正是咕咕。咕咕给他卷起衣服，一眼看到的是瘦削的身躯、像儿童似的臀部。姑娘打完了针，在用酒精棉球轻轻搓揉的那一刻，忍不住流下了泪水。她一声不吭地坐在一边看着他，等着他睁开眼睛。在杨阳病倒之前，他曾借给咕咕很多画册，还画过咕咕好多张画。咕咕会长久地保留着这些画。

杨阳那天醒来，一眼看到咕咕，脸一下子红透了。他最终还是没有逃过咕咕的针头。

我在杨阳住院后常去看他。他告诉我咕咕也来过。只要提到咕咕，他的眼睛就立刻明亮了。我们的谈话常常有意无意地转到咕咕那儿。咕咕给他的水果他一个也不吃，全都放在床头柜上。他挑拣一个红的握在手里，又放在眼睑上滚动一下，说："真好的一个苹果。"

他从疗养院回来，有时要去找咕咕一次。咕咕的哥哥制止妹妹与杨阳接触,说那种病是传染的。咕咕似乎并不在意。杨阳也知道咕咕家里人不欢迎他,但还是要去。他对我说:"我想看见咕咕,到她单位上,也到她家里去看她。有一天我怎么也受不了,跑到外面,跑到咕咕家楼下面……'咕咕!咕咕!'"

后来发生了一件不幸的事,我相信杨阳一辈子也不会忘记,也相信他下决心离开这座城市,也会与那件事有关。那是八月里的一天,杨阳一整天都把自己关在办公室里,这是个温暖的星期日。他狂热地画了一天,傍黑时分完成了一张画——他说这是他最满意的一张了。那是画了一棵半边碧蓝半边火红的枫树,树下站着咕咕。咕咕的眼睛看着什么,热烈的目光投向正前方。他携着画跑到外面,一直跑到咕咕家的楼下。在楼下站了一刻,他又蹿上楼去,擂着咕咕家的门——那时也可能是咕咕不在,开门的是咕咕的哥哥,他两手沾满了面粉,扫了杨阳两眼,怒冲冲地就要关门。杨阳举了举手里的东西,喊了一声:"咕咕!"高大的男人转过身子,一把扯下画来,骂一句:"滚你妈的蛋去!"那扇门轰的一声关上了。

他呆了片刻，扭头走了。他这才明白了，这个凶恶的男人绝对不允许妹妹再走近他了。他扭头走了，迈出了离开这座城市的第一步……很多天以后我才知道这件事，我非常愤怒，并鼓励他到单位上找咕咕。他摇摇头，说，他这回明白了很多。"'小痨病鬼'——那个家伙以前这样笑着骂过我。我明白了，我没有资格靠近她了……咕咕！"他就这样离开了。

您看，他是带着肉体和心灵的双重创伤离开了这座城市的。他要回到他出生的小城去。他是从那儿挣断脐带，投入了沸沸腾腾的生活的。如今他又回去了。

首先是文化局的背信弃义，并没有像许诺过的，让他专业绘画；再就是那个经理对他的百般折磨。他现在连一个人起码应该享受的平静和安全都得不到，又怎么进行艺术创造呢？他在那个窝窝囊囊的地方被啮咬到什么时候？这谁也不知道了。

我有时愤怒地想过：这座城市厌弃的，将是她的最了不起的儿女之一。

您是画院的副院长，正处在一个可以帮助他的地方和时刻。如果您像对待您一贯的艺术追求那样不倦、那样不知妥协，就一定会成功地帮助他。只要您的画院要他，他做什么都可以。他永远不会让您失望。他是个弱小的又是个坚强的人。您如最后决定了就来一个信，那边放他走的事，包在我身上。

该说的话差不多都说完了。请您扶持我的朋友吧！请您挽救一个被爱的火焰烘烤得浑身灼热的艺术家！请您挽救一个正在遭难的艺术家！您将功德无量！紧紧握手！您的朋友！

附 杨 阳 信

一

今年的情况看来更糟些，因为经理召集人开会，把全体人员分成三个单位，就是三个小组。我们检票、烧水和扫地的、画广告的是服务组。经理不让我下午画广告,从四点三十至五点这半个小时,要突击准备晚场。其余就是让我帮伍大娘(烧水的,她是经理的远房亲戚)抬煤。原来有一个推煤的小铁车,后来没有了。我怀疑是他们故意给了另一个小组。时间安排得太紧,我觉得把我编入服务组的目的就是治我,我几次提出不干抬煤的工作,因为前几年烧水的人都是自己运煤。经理说现在是包干制,爱干不干,耽误了供应开水,就在月底扣钱。无奈。

我对广告画越来越头疼,纯粹是商业玩意儿,没办法。经理说这张好就好。他特别说要画好女演员的关键部位,即乳房要凸出一些。这对我的打击非常大。我最后的一点权力也受到了干预,我简直是气个半死。我每逢看到他那个黑乎乎的指甲在我的画上点来点去,就恨死了他。他身上有一股怪味我也闻到了。我敢说全天下没有一个人能有这种气味,不是酸臭,也不是霉烂味,好像是硫磺又加进了兔子粪似的,真的。他就是刚刚洗澡回来也让人恶心。

这几天做梦老离不开经理,我常听见他从窗外喊我,赶紧爬起来,心跳,外面什么都没有。我缺少的睡眠没法计算。我已经三个月没有好好睡一觉了。

前几天经理又破口大骂了，没有点谁的名，只是骂服务组。他骂着闯进屋来那会儿我正调一块颜色。当时我身上一抖，以为他会给我一巴掌。他没有动手，只是用手一指外面，让我出去抬桌子。

我最怕的还是回宿舍的事。我和民工合住一屋，身上爬满了虱子。这些民工有不少是从讨饭的那些人中招来的，原因是工钱便宜。经理说让谁干谁就能来干，来的人要送经理很多东西。全影院就我一个人睡在这儿，这当然是欺负我。

他女儿放假来影院里玩，她到我这儿来看了，听说我会画画，又是从大机关回来的。总之，她来看新鲜。经理（我真想有一天能用石块把他的头拍碎）还能有这么好看的女儿。她的体形令人难忘。不过这个小家伙的神气有些让人讨厌。

近来常常后悔，觉得来这个城市这一步是走错了。不过现在是回不去了。在你身边就好一些，那时我心里不痛快就找你说一通。现在差不多总是我一个人。我想家，又不愿回家。我父亲看不上我，好像也不支持我画了。他最高兴的时候是我在大机关那会儿,现在好像一切的错都是我的了。他根本不听我的解释,自以为是。他说我完了,让他想不到。

妈妈在的话,我会好得多。可惜她去世了。我一写到"妈妈"两个字就想哭。我有一半的画是想着妈妈画的。

二

我真怕给陌生人写信。按你说的给局长的那个朋友写了。真不好写。记得曾看你写信,马上就写好——可我在这方面要用多得多的时间。可这是必须的。我想我对他什么都不了解、怕误解。有一天我接到他的来信,我马上回了信,但好多天没有回音,我心中又后悔又惆怅!我写了工作情况,但与给你的信比,简单多了。我不知我该不该写那些。我天天等他的信。也许是我的自尊心太强了,陌生人回信晚了我就受不了。我对他介绍了目前的处境、这儿关系的复杂等。

我告诉他想快些调出去。去文化馆当然好,但不好调,盯着那儿的人太多了,刚来时就是被人挤掉的。实在调不成,与这个影院头儿谈谈,能对我稍微合理些也行,不过我怀疑这很难。区里想成立个广告公司,一年多也没成立起来。据说他们早就盯上了我,想要我去。但也有朋友劝我最好不去,我明白他的意思。那儿是有活干的,画外面的大型广告。全市有一百几十个广告牌,画完最后一个,前面一个又褪色了。天天画机器,枯燥无比,再也不会余下好的心情。长期下去会练成一种不好的笔法。这是最糟的事情。不过我目前影院的处境,我恨不能立刻就走。

三

最近,我终于处理好一个重要事情,就是那个人不会再来缠我了。和她的最后几次交谈很不愉快。她也终于暴露出很多毛病,有的方面可以说是虚伪。我有时想,就是一辈子不结婚,也不要她。最后,对她仅有的一点好印象也不存在了。好了,终于过去了,谈她没意思。

在她走后的第二天,有一个很独特的美丽女孩来找我。她很适合做模特，气质不错，她真有意思，看来追求她的人是有的。对她不很了解，以前当过售货员，后来才去了修鞋厂。奇怪（在有些人看来）的是她倒很满意这个工作。她二十二岁。我为她随便画的小像，她挂在床头。明天我们一起出去玩，画画，照相。

前几天我不愉快，一个人悟出个道理——对你不好的人，在关键时刻是闭口不语。像对那个女孩（以前的），他们甚至支持我与她好。当然，有个画画的朋友就劝过我干脆算了吧。

现在算是愉快了。明天会愉快的。不过我写这信时，不是告诉你别的意思。也许我与她只是朋友而已。

这时我又想起了咕咕——记得吗？不知她怎样了。那时我们的散步，现在还听得见脚步声。我走在她后边时，一抬头就看见一条干净的半旧的条绒蓝背带裤子。与现在的女孩在一起没有这样的感觉了。

我写这信时，抬头可见经理办公室的窗子亮着。他还没有走。我的笔按在纸上像要折断。我不写了。

四

前些天我去那个区找了他一趟。他虽是你的朋友，我去时还是鼓了很大勇气。我对陌生人都多少有些怕。我怕他是个我不喜欢的人。去了两次都没找到，我又有些高兴，好像就为了见不到才去的。我留下新的地址回来了。不几天收到了他的来信，说他不在家，很抱歉。其实也是我不好，我应等他回家。我太急，不该匆匆回来。我写信向他表示了歉意，并把近来的情况告诉了他。

最近影院正在上新的录像。除了来新片子，来重要的片子，不然连两三天画画的时间也不给。一个月只画两次。经理倒知道宣传的重要，不过他要求的是另一种效果。这一段我主要是看门、扫地、抓逃票的人等。在影院里，我除了受服务组长的领导，还要受办公室的领导，是唯一受双重领导的人员。他故意这样制定。这对我很不利。还有组长，我们都出了力，拼命干，经理常常表扬他。那人的欺骗性很大，组长也看出来了。现在，我们都成了眼中钉！

现在工作量大极了，卫生区增加了一倍。差不多一年了，我一天病假也没休，真不容易啊！组长请了六天病假，经理在会上公布规定：大夫的病假条只起建议作用，要他再批准才行。副组长是他的狗，以前就找过我的茬，百般刁难。组长与经理暗斗，我在明斗。他口上喊改革，其实是养着一些，累死一些。影院是个三不管单位，非常黑暗，经理干什么都行。区里的广告公司还没批下来。以前文化馆和剧团办的都倒闭了。我倒真希望它能成立，它想要我。这个希望可能破灭。不该回来。几年了，整天与小人周旋，为工作发愁，太没意思。如果这儿有个真正志同道合的朋友，我也会坚持下去。

当时调文化馆就受到很大阻力，看来，我的命运太差。文化馆长是我的老师，七七年因他的一句话，我放弃了上中专。这就失去了一个机会。不过我对他还是感激的，他毕竟曾教过我，也帮助我调文化馆，可局里有个人很坏，与馆长有很大的矛盾。因馆长在剧团时办垮了一个广告公司，局里就扣了他三个月的工资。钱退还了，可还是结下了仇。局里那个人认为是馆长帮我调动,于是在我到来之前半个月把下面一个文化宫的美术老师调到文化馆。馆长后来到图书馆当馆长,又调我去图书馆,我因恋着画画,就去了影院。因为当时讲好是专职画广告。我哪里晓得会是这样。

我不能像狗一样去讨好经理。去年九月我为艺术节画画,被扣去了两个月的工资。十一月又找借口扣去了奖金。他用各种办法来打击和羞辱我,使我无法安宁。我不会向他屈服。我连他如此仇恨我的原因都不明了。我有时怀疑是否有人暗里说了坏话,使他对我造成了误解。有时又怀疑我的父辈与他的父辈有世仇……这些怀疑都没有理由。你来信一再询问产生矛盾的主要原因,让我回忆有关事件。我知道你的好意,但我实在不明白,好像他生下来就是要恨我一样,我从来没惹了他,真的,一丝也没有。

这一切也导致了恋爱的不顺利。曾经有个姑娘,她很淳朴。我们终于分手了。这事我曾告诉过你。现在的这个是新认识的。她被男方抛弃,通过听她说,我很同情她。我知道那个男的是个伪君子,可是她还留恋着他！我不明白，她为什么告诉我这个。我们认识有两三个月的时间。我想对以前的事不应计较，重要的是喜欢不喜欢。我只是很同情她。她也说过，我们大概不能成。她要"嫁鸡随鸡"了。近来我很苦，不知怎样才好。她不能使我幸福，都不能。我想提出分手。我又要得罪一个人了。现在看来是走错一步，步步都错。我没有欢乐、爱情、幸福！是什么能使我支持下来？我始终在幻想。我的心中存在希望，有心爱的艺术，有光亮。如果发挥出来，起码在社会上也能有价值。画广告牌，这是为大众的艺术。经理虽然现在在贬低我的广告画，但懂的人还是认为我的广告画有水平，有灵性，与其他地方的不同，比如省内几个城市的。也可能我对待每一幅都较认真。广告牌的寿命很短，也算不上高级的艺术。再也没有比我更不适合搞广告的人了。

五

父亲来信骂我了。他来看过我一次，那个该死的经理对他好像很尊敬，其实是设法愚弄我。他对父亲说了什么我不知道。父亲心里不赞成所有工作不好的人，不管这个人怎样。但我的工作是认真的、大家都肯定的。工作不好与跟领导的关系不好是两个问题，可父亲就是不懂。

他对我说那些话，使我一辈子也不想回家了。我一个人，真的孤零零的了。妈妈没有了，这是对我平生最大的打击。父亲到我住的地方看了，他应该立刻明白，可他不。现在的时代，哪个工作人员住在这样潮湿的地方？再看看经理住在什么地方，他的朋友住在什么地方！

我夜间胡思乱想，成了我的幸福。我想你，想在机关的日子。我那时也不知怎么得罪了领导，不过他对我还不像现在这样。我画了很多画，枫树，还有咕咕。我想去看看你和你爱人，还有咕咕。晚上我做梦，到了一条河，大概就是芦青河，上面有莲。我一时一刻都在渴念什么，不能平静。我想她们是可爱的还是不可爱的，该不该重新和解？不能的。我清醒的时候，就说不能的。我只想画，不停地画。有一个地方如果能让我安心地画，我会一辈子感激那个地方，哪里也不去。

经理现在说要抓思想教育了,还说首先要抓的就是我这个人。说一块坏肉不能糟了一锅汤,让两三个人分别帮助我。这其实是让他们监督我、折腾我,我仅有的一点看书的时间也被他们占去了。他们来了,就说一些不着边际的大话、开粗鲁的玩笑。我真想跳到天外去。

如果有要我的地方,我不惜一切也要调去!经理不放,我就和他拼了。没有退路,只能这样了。我太软弱,我恨自己。没有退路。

六

你信中总提到我的身体,我很感动。大体情况是这样:我认识的一个大夫前几个月看了,说恢复得比较好。自我感觉也比以前好了。现在服务组工作量太大,我算是坚持下来了。从化验结果看,还是脾的原因,白血球比健康人稍低一些。四千至一万正常,我刚刚达四千。血小板正常,肝功能正常,阴性,可能不是传染的,是劳累、营养不良等所致。从疗养院出来到现在,肝功能一直正常。我已两年没吃治肝的药了。有时吃维生素。我曾看了一本治疗书,一病例和我相似,但比我重得多,吃了中药完全好了。可医生说那样治必须住院,因吃那治脾的药伤肝,还要调理肝。所以,等以后再说吧。我的病,即使发展也缓慢。收到你的信后,我原想做B超,但经理老找茬儿,控制严格,以后寻机会彻底查一查。

上次谈到的那个姑娘,经常来,我有点同情。可是不会结合的,我有预感。她也感到了。可是她却提到今年结婚等话。我想了想,我以前好像跟她讲过九、十月份分房子的事。那是经理与郊区大队联系建的一幢宿舍楼,分给新结婚的职工。这房子当然不会给我,我也不会因为房子去迁就这么大的事。虽然房子像性命一样宝贵。我再在民工这儿挤下去就要死了。她还想赶快往这个区里调,总之她不想等。还是分手算了,这才是理智的好办法。

我越来越感到情绪给我的影响是多么大,还有环境。记得去年九月为了一幅小风景,创作冲动使我半夜起床。全部改动五六次,一次一种风格。有一次画完我说，这是郁特里洛啊。这个法国风景画家可折磨过我。当时日记这样写道："十七日。这幅画经历了几个阶段。开始要画一个简单的浓云、田地、水洼里有树叶和小黄花，一种雨后的景色。受灯的启发，后来又受雨的启发，画了在雨天发着光的盐。为了盐的光，我激动得没有睡好觉。要把盐滩画出味来。整个调子是玫瑰、深褐、纯青和柠黄。去盐滩村看风车、水车，画了五六幅速写。风车一转动是雄伟的，像那堂吉诃德见到的。重画，天空用深黄加白在蓝底轻扫，透明感加强，很理想。又重画了，很忧郁，这使我想到郁特里洛，柠黄紫和蓝。虽然很深沉，但不透明。现在又全部重来。十八日。今天上手还是郁特里洛，帆布画得像青鱼皮；中午，全部刷去；下午三点重画，较顺利，加上风车；晚上，去一个地方吃饺子。今天是八月十五（阴历），月亮很圆。"这幅画你一定会看到。

最近一段，我什么也画不出来。现在我看书，没有目的性地看书，不知这样下去会有什么收获。

我很长时间没有休班了。真想好好休息一下。明天接连五天放映一个新的武打片子，每天五场。每月都有这么两三次。大部分观众欣赏力极差，一听武打片兴趣就来。有些很棒的片子没人看。就写这些。

一九八七年十一月底写于济南
一九八八年六月改于龙口

远行之嘱

"明天你要赶路,早些睡吧。要说的话是说不完的,睡吧。"

我摇摇头。真不想离开这张书桌,不想离开姐姐的小房间。我明天就要走了,离开姐姐,去开始一个人的长途跋涉。我害怕这一天,又渴望着这一天的到来。我是姐姐带大的,她比我大十多岁。几天来她帮我打点行装,说了那么多的话。我多么珍惜远行前这最后一个夜晚。我又一次摇头:

"姐姐,我在车上打瞌睡吧……让我待在你屋里谈下去吧,不然我在路上会后悔的。"

她看看窗子,没有说话。

窗外漆黑一片，也许是树木和云彩遮挡了，看不到星光。夜静极了，一片小树叶落在地上也听得见。这样的夜晚由于有了姐姐而变得温暖和安逸了，以后的夜晚呢？真不敢想象。我十九岁了，实实在在的一个男子汉，即将开始我的远行了。这样的远行每一个人都有的。在漫漫的路途中，我不知道将会遇到些什么，但肯定有坦途也有凶险。姐姐对我不放心是自然而然的。她看着我长高了，如今又要亲手送我去远方。我将在路上花掉很多年的时光，这些年里，我将永远记住你的声音。

"你路上常常是一个人。会有人和你结伴，不过大多数时间还是你一个人。要想到一个人走路的难处。你最好记住，今后是一个人了……"

姐姐的声音压得很低，完全是一种告别的语气。

我说："我不怕什么。我担心的是遇到情况想不出好主意。你也说过，我是个没有主心骨的人，这是我最大的弱点……"

"这也怪我。我总是让你这样、那样。本来这片林子里只有我们一家居住，你活动的地方很大，应该从小磨炼出很强的生活能力。你很小就会爬树；八岁那年你敢一个人游到大海里面……这当然都是能力。不过一个人最重要的能力还是主见,是判断事情。可惜你从小跟我在一起,我替你做出的判断太多了。"

"但是,"我有些急促地说下去,"但是我也跟你学会了理解事物的方法呀,比如说我今后遇到了什么难题,就会想起你是怎么解决的……"

姐姐的手按在桌上,眼睛闪了一下："毛病就出在这儿。今后面对那个难题的只是你了。你不妨忘掉我——重新想出自己的办法。我的经验只能给你辅助,只能这样。"

姐姐是对的。我记得自己任何时候都习惯于求助她。比如小时候路口上有一个马蜂窝,马蜂老要蜇我。那时姐姐已经从省城的一所师范学校毕业了,因为受爸爸的事情牵连而暂时待在林子里。我问姐姐马蜂窝怎么办？她说可以用火把燎——以后我对付马蜂也就永远使用火把了。我笑了。

姐姐仍然很严肃。她说："你要有一个人走下去的决心。我说过,不会有什么伴儿和你一同走到底的。

抱怨也没有用。翻山过河，还有，一个人走到大沙漠上……"

"那真可怕。"

"没有水，没有绿草，连绊脚的荆棘都没有。如果你走不对方向，就会倒下去……一个人不怕高山大河，就怕沙漠。"

"我带了指南针呢。"

"走长途的人都带了。但愿它能帮你。不过你可别全指望它呀。不知怎，我多少有些害怕它，害怕它耽误了赶路的人。我也不知道这是为什么……"她撩了一下头发，嫌有些闷热似的打开了窗子。

深秋的凉气涌进来，姐姐又把窗扇合上一半。

我的背囊放在一边，它可真是够大的了。那里面有一把锋利的半长刀。她帮我整了背囊，但我偷偷加进了这个东西。我不告诉她，因为怕她因此而增加忧虑。东西太多了，我想扔下一些，姐姐不同意。她说天气快冷了，不久你就要把棉衣服穿在身上，路上天气又会渐渐转暖，那时候就可以扔掉棉衣，行装也就轻松了。我看看背囊，舔了舔嘴唇。我准备明天在车上时将刀子翻找出来，放在易取的地方。背囊里还有一些姐姐不知道的小东西，我必须带上它们；也许依靠了它们，我才能更好地走完我的旅程。

姐姐看了一眼背囊说："你真要走了，以前想都不敢想。可是你也该走了。父亲离家的时候比你小得多，他走得格外艰难。父亲看不到他的儿子离家了……"

我忍住了什么，但后来还是打断她的话："姐姐，我求你不要再提父亲了。你知道我恨他。"

"知道。我这几天没提父亲一个字。可是我还要跟你说父亲，我要说，只跟你说一次。因为我想来想去，还是不能把话藏在心里。你知道我跟你一样恨他，不过上路之前不跟你好好谈谈父亲，我会难过……我们都把父亲藏在心里，今天晚上让我们说出来好了。"

不知由于气愤还是怎么，我的身上有些颤抖。父亲死了，他的坟就在林子里，我每一次进林子都小心地绕开它。他生前走遍了半个中国，关于他的一生我敢说永远都是个秘密。这个世界上除了母亲说他是个好人，所有人都肯定他是个十恶不赦的坏人。

他被指定为最危险、最丑恶、最反动的一个男人。他受尽了折磨之后也就死去了。然而他生前是家庭中的暴君，别人折磨他，他就折磨妻子和孩子。就因为他的缘故，我们被人从城里驱赶出来；但任何一个像样的村庄都不允许我们去居住，最后只能住在林子里，由林子边上的一个村庄负责惩罚我们。妈妈、姐姐和我受尽了屈辱，我身上带着别人留给的伤疤，也带着父亲击打的印痕。我身上疤痕累累……我用乞求的目光逼视着姐姐，那意思她当然会明白：让我忘掉他吧，让我轻松地上路吧！

姐姐盯着我。我明白她要说什么：你忘得掉吗？！

我低下头去。

姐姐沉默了一会儿说："不管怎么说，父亲是个走过千山万水的人——他走过了，而你才刚刚开始。他的后半截路全在林子里了，我们扒开树棵和茅草，找找他的脚印，这也许是应该的。他生前绝对不许我和妈妈追问他的历史，可是他高兴了，比如喝了酒，自己就会讲。有些话我永远也听不明白，问妈妈，妈妈也不知道。他的话让我搞不懂。他后来让我们跟他叫'老红军',非这样叫不可。"

父亲喝醉了酒就让我们那样叫他。有一次我不叫,我说:"不,你不是'老红军',你是……"他一巴掌把我打得鼻子冒血。后来姐姐为了我,一声连一声喊起了"老红军"——父亲,他眯上了血红的眼睛,哈哈大笑着骑在一个白木凳上,一手握着酒瓶。那会儿我还卧在草地上,血溅了手上、衣服上……我闭了闭眼睛。

姐姐突然说:"我现在倒想,他真是一个老红军。"

我猛地站起来:"胡说!他到过陕北吗?他长征过吗?没有!可你……你怎么了姐姐?"

"我觉得父亲说的不是醉话。记得他临死的那个晚上吗?他躺在床上,嘴里吐着白沫,咕哝了些什么谁也听不清。妈妈伏在床上,极力想听懂什么……爸爸就这样和妈妈挨得紧紧的去世了。我叫着爸爸,问妈妈他临死说了什么。妈妈的眼泪掉下来,用手擦去说:'你爸爸说,他是个"老红军"。'"

姐姐的话让我回忆起那个可怕的夜晚。我也记得妈妈的话，但我不会相信父亲。我摇了摇头。那个晚上，村子里专门管理坏人的瘦筋领了一帮真枪实弹的民兵游动在林子里。他们在暗中监视我们，怕我们在一个人垂死挣扎的时刻做出什么。父亲死了，母亲哭着，用手使劲捂着嘴——瘦筋不允许这个屋子传出哭的声音。我真害怕想那个夜晚。我说：

"让我们谈点别的吧，谈……就谈那个诗人。"

姐姐的脸红了一下。她点点头："他这个冬天就回来了。他的刑期满了。真不知道他这会儿成了什么样子。"

"他一出狱就会跑到林子里的。一定会的。我真想他，一闭眼睛就能想出他的模样。"我这样说着，完全为了让姐姐高兴。但我说的是实话。

那个诗人是姐姐的同学，他在那座小城里时爱着姐姐，后来就跑到林子里来。他的一条腿不知何时受过伤，一拐一拐的。由于他老在林子里出没，瘦筋认定他是海中泅上来的特务，就率领民兵包围了林子。诗人在突围中与一个持刀人搏斗，把对方伤了，被判为无期徒刑。姐姐这几年几乎将所有时间都花在他的身上，为他辩护上诉，终于使诗人减刑。诗人已经在狱中度过了六年。我最后一次见到他，记住了那双有些深陷的大眼睛和坚硬的方额。关于他的回忆能带来特殊的温暖，我相信在最艰难的时刻，我和姐姐都是靠思念这个人才获得一点希望和安慰。

"我把他的那本诗抄了一份放在你的背囊里，你在路上不要丢了。到了你不喜欢的时候，你就寄给我——我不敢说你一辈子都会喜欢他的诗……"姐姐很平静地说。

我点点头："记住了。不过你的诗我也一起带上吧，你知道我喜欢。"

"它不值得带，什么多余的东西都不能背着上路……你以后如果在一个地方住久了，就要来信，我把他和我的新诗一块儿寄给你。"

我不吱声了。我多么想见一见诗人再走。可是那要等到冬天……记得他第一次到林子里来可把我吓了一跳。那是个晚秋，橡子落在地上。我在林子里捡橡子，忽然从橡子树上跳下一个人来。他满脸胡须，头发蓬乱，我盯他一眼，扔下篮子就跑。跑了一会儿，我回头去看，见他一条腿跪在那儿，正往篮子里一颗一颗捡橡子——我把它们撒了一地。我看了一会儿，就走了回去。后来的日子里我就替他和姐姐站岗了。我们既要回避着瘦筋的人，又要躲开父亲。只有妈妈和我们站在一起，她有时握住诗人的手，叫："孩子！孩子！"诗人看上去有四十五六岁，实际上只有三十多岁。诗人读诗给我们听，我听不懂，但像大家一样激动。我永远忘不掉那时候的林子。就在我坐的这个小桌前，坐过我们家的诗人。

　　姐姐也沉浸在往事里。她这会儿望着墙壁说："他是个能够宽容别人的人。你这点上远远不如他。你知道父亲对他多么凶狠，可父亲死了以后，他偷偷去坟上放过鲜花。那时我们家里倒没人敢去……父亲如果看到这些会难过的。当然，你和我永远也不会理解父亲。我最不明白的是他为什么一直不让我和诗人在一起。这个家被父亲领到了地狱里，他完全明白我是绝望了……"我打断她的话："全家都绝望了，包括他自己。""是啊，都绝望了。在这时候，诗人送来了一线光亮，他是我的希望、我们的希望。

可父亲一见到诗人待在我屋里就大喊大叫，用酒瓶摔着砸他。有一回父亲坐在院里剁猪菜，一抬头看见诗人往我屋里走——他想偷偷绕过去。父亲跃起来抓住了他的衣领，骂得难听极了，还比量着要用菜刀劈了他。妈妈、我和你都在一旁哀求父亲。诗人没有说一句话，也没有反抗，只是事后长长地叹气。他当然不怕那把菜刀，仍然到林子里来。"

这些没法解释，也不需解释。我说："他被生活逼疯了，他不会爱任何人了，也不愿在这个家里看到爱……"

"这已经不是我们的父亲了。那个为了爱情奋不顾身，抛弃一切从海滨城市赶到妈妈身边的男人，才更像我们的父亲。那时候他多好啊，我什么都想象得出来。妈妈住在一个小城里，就是那个港口小城……父亲的苦日子就是从那个小城开始的。我真不知道他该不该来这个小城……"姐姐有些激动地喘息着，胸脯起伏不停。

我咬了咬牙关，没有做声。如果让我回答，我会说他不该来这小城。因为根本就不该有这个家，不该有我们。我们是人，不是牲畜——即便是畜生，只要老老实实地拉犁，也不能没完没了地抽打和羞辱它们。我们住在林子里的这一家，每一个成员都是有罪的。父亲要起早摸黑赶到大田里劳动，像牲口一样被人看押着；雨天，他要到那个村子里排水；雪天，他要去街巷上扫雪——大雪下一层，他就要扫去一层。每逢集市什么的，他都要被捆绑了，像牵牛一样拉到街头，有一个民兵在前边敲锣，一边敲一边喊："哎——让开——哎——"妈妈混在人群里，往前挪动着看父亲，还要忍住眼泪。她如果流泪了，就会被认出来，和父亲捆到一起。那时候好多孩子就会高兴得蹦起来……姐姐和我要做最苦最累的活儿，做活时要一声不吭。但我已经感到很幸福了，因为我从那个学校毕业了。那是个村办的七年制学校，一座真正的地狱……

　　姐姐注视着我，我抬起头，与她温煦的目光相碰了。但我知道我的目光是冷冷的，此刻像冰一样。她说："我不该在你临走时谈论这些，不过我实在忘不掉它们。我也不愿让你忘掉，我不信一个浑身轻松的人就一定会过得好。一个勇敢的人什么都不用回避，你是十九岁的男子汉了，你用不着怕什么。不是吗？你还很小的时候就已经十分倔强了，你的眼神像父亲……"

我又一次站起来，觉得浑身燥热。后来我又坐下了。我说："我知道你指什么。那是我在学校的时候，你听到什么消息跑去了，见我浑身是血，就上来抱住了我。你见我不吭一声，也不哭，就那么看着你……后来，姐姐你后来说了一句话，我到现在也没忘。你说：你的眼神比你身上的血还要吓人。就是这句话。"我两手捧住了两颊，说下去，"你看出了我的眼神里有什么，可你没说。你今天才说出来：像父亲。姐姐！你知道我那么小怎么会有那样的眼神。那是疯狂的、仇恨的——你知道你赶到学校时，他们已经整整打了我一天了——那天我一早上学校去，一帮同学就叫着父亲的名字，并学着他被捆绑的样子。他们不叫我的名字，只将父亲的名字前面加一个'小'字来代替我。我忍受着侮辱，像过去一样。可是这一天我们小组里开小型批斗会，有个老师也来参加了，点名要同学批斗我。我给推到了桌子上。他们喊口号，跺脚骂我，后来有人喊了一声什么，猛地把我从桌上推下来。我的头磕破了，血流进了眼睛里。我两手去搓眼，怎么也擦不干净。我睁开眼，看到教室里，同学和老师，他们全是红的颜色。"

我说到这儿闭上了眼睛。一片片的红色更清晰了。我不停地搓揉眼睛。"推我的那个同学两手拄在膝盖上看我，头一歪一歪地笑。我看他也是血的颜色，就握紧了拳头，往他下巴那儿来了一下。所有人都惊呆了，哇哇大叫。那个老师说：'反了！反了！'接着这个一拳那个一脚打起来。我不吭声，不流泪，拳头打到我脸上，我也不躲闪。就这样硬挺着，不一定瞅准机会给谁一下。他们咬着牙往上扑，说：'打烂他！打黏他！'有几个人从破桌上扳下了一个板条，上面露出一溜钉子尖，两手举起来拍了我一下。我疼得在地上滚，血一下染透了几层衣服，拿钉板的那个同学这才把板子扔了。有几个同学见我流了这么多血，吓得要把我拉起来，那个老师阻止说：'让他滚！让他滚！'我听了就一动不动地趴在地上，趴了一会儿，一下子站起来。我睁开血糊糊的眼睛，一眼看到了你走过来。我就那么看着你。你流泪了，没说一句话，弯下腰抱起我往回走了。一路上，我的血沾了你一身，我的手指全让血和泥土粘在了一块——我全身发黏。我这才明白了什么叫'打黏他'……为了不让妈妈看到这么多血，你背着她给我擦洗，用止血草的绿水抹伤口。我永远忘不了这一天，忘不了那个学校——七年里我不知被折磨过多少次，差不多爸爸在街巷上游斗一次，学校的老师和同学就要仿照着对我来一次……"

姐姐听着，几次难过地咬着嘴唇。她这时说："那一次是你的一个同学跑到林子里报信的，他说你大概给大伙打死了……同学中原来也有同情我们的。我们永远不要忘记他。可是大多数同学都要参加批斗，你与他们都一样，都是十来岁的孩子——你不觉得这很奇怪吗？"

"有的原来还跟我很好。我给过他们铅笔刀，还从林子里逮过小鸟、折过花给他们。可是到了时候一闹起来，他们也对我伸出了拳头。"

"这些仇恨比什么都可怕,因为它连点根据都没有。一些人从小就知道站在强暴的人一边,去无缘无故地欺凌弱小无援的人。那天我抱着你回头望了望,见一片孩子的脸全都仰着看我,这些脸在阳光下闪亮,非常好看。我扭头往前走了,心里想:这都是些挺好的孩子啊,这么小就迷上了打人,合伙把我的弟弟打得鲜血淋淋。那天我想的是我们大家都完了,完了,因为我们这里从孩子开始就让人失望了——这样想当然有些过分,但从那儿我也明白了一个重要的道理,它非常重要。"

"什么道理?"

"这就是大多数人的激愤和向往不一定就是合理的、正确的。再没有比人更容易被撩拨起来的了。当有人以'多数人的要求'为借口做什么的时候,常常隐藏了最大的欺骗和阴谋。有时候大多数人在盲目地一块儿激动。所以我们判断事情的时候,千万不能以人数的多少为唯一的依据。任何时候都能冷静自己,站在真理一边,可真是太难太难了。我今晚上一开始就对你说,生活的能力主要是一种主见,是判断事情,就指这个。你一路上不知会遇到多少蜂拥的人群,你千万不能盲目跟随。你要看重自己的智慧,要蹲在角落里把事情想好。一万个发昏的头脑也比不上一条清晰的思路,这是事实。你想想看,前些年那个村庄里的人是怎么对待我们的？不错,也有人设法保护我们、爱我们,成为我们生活中的一缕阳光；但绝大多数人在不公正地对待我们,排斥甚至藐视我们。他们人数众多,但他们并没有因此就变得合情合理。事实证明他们错了,他们太残酷了。所以说,弟弟,真正可靠的指南针是没有的,我一开始就说,我有些害怕那个机械的东西。我的意思是你真正重视起你自己,去思索,去寻找……"

"姐姐！"我感激地叫了一声,打断了她的话。她说得很慢,这会儿停住了,期待着我说什么。我什么也说不出,我只是激动。原来我们全家人经历过的那一切全存在她的心里,她不但没有回避,反而把这一切令人心悸的苦痛从头咀嚼过。她生活得太难了,她把一切不愉快、一切难言的苦楚全掩盖在柔和的微笑下面。她始终像一个姐姐那样温柔……我说:"我一定记住这些，记住你刚才的话。"

她点点头："那就好。你的眼神太让我担忧——因为你虽然口口声声说恨着父亲，但你的脾气太像父亲了。有时你那么孤傲，也容易冲动。你的倔强怎么形容都不过分。这些真不让我放心。我常想，你一个人到外边去，什么委屈事情碰不到？你没有家里人的规劝，闹得不可收拾怎么办？父亲走到这一步有其他原因，不过性格也决定了他一部分命运……"

我承认自己的性格有些像父亲。我也为此大为苦恼。我不明白的是，我为什么学习了一个自己所憎恨的人的毛病？我问："这是遗传不是？"

"可能是。我们的血管里流着他的血液。性格与品德和思想不是一回事，我总相信它会遗传。"

我咬咬牙关："这真糟糕。"

"也不一定。父亲的性格常常是孤注一掷，暴躁，目空一切，这当然不好。可它的另一面是顽强、忍辱负重，坚定不移地活下去。你的性格中也有母亲的一面，那是柔和、平静和忍让，多愁善感。可这种性格的另一面是没有主见——你知道妈妈是个没有主见的人。她太软弱，太脆弱。这些素质不用说也遗传给了我们两人。"

姐姐的分析很对。她的所有分析，都可以在我们家庭的那段生活中得到印证……我默默不语，心头一阵痛楚。

她接上说："你明白了这些，你就会变得主动多了，有力量多了。你的反省就会是经常的事了。只要你能每时每刻反省批判你自己，我也就安心了。你爱妈妈，可妈妈的缺点你不要保留；你恨父亲，父亲的优点你不能去厌弃。你和我是父母合成的，是一个新人，新生命，我们在这个世界上得自己活……"

"自己活……"我小声默念着这几个字，抬起头看着窗外那无边的漆黑世界，大口地呼吸着。我可清楚这几个字的分量。那一段日子里——我可不信那样的时光就会一去不复返了——我算弄明白了，这世界上就是有人不想让我们活下去，尽管我们活着一点儿也不妨碍他们活。那时候那个村子可算穷到了底，我们家就要随这个村子分红。其实我、姐姐、父亲、妈妈，四个人没白没黑地干，反倒欠下了村子的钱。

村里的人都有自留田，我们却没有份，于是就在树木空隙和房前屋后垦出一点土地。父亲五十岁以前两手几乎没有沾过泥土，他为了活下去拼命地干。他学会了使用各种农具，侍弄各种庄稼，并且成了一把好手。他不知褪掉了几层皮，真正算是脱胎换骨了。他在垦出的荒地上种玉米、山芋和黄烟，这些作物在夏季需要浇大量的水，这时我们自己掏的那口土井总是干涸，父亲就领我们去芦青河边担水。我们家离河边有二里多路，而且一直要穿越林子。树根绊倒了水桶、累得躺在地上，都是经常的事。父亲总是从后边赶上来，不住地骂着，用脚踏，用树条抽。有一次我再也起不来了，就用手抵挡着父亲的脚，死也不爬起来，最后是姐姐救了我。夏季是值得我一辈子诅咒的，每到了夏季，我总想这是我和父亲之间最危险的季节。说不定他会发了狠把我扼死，也说不定我会在他熟睡时给他一刀。这些都说不定。

　　夏季过去了，我们还活着。庄稼长得乌油油的——我们的庄稼不是用水也不是用汗浇灌的，而是用血汁养活的，它永远是深绿色。瘦筋领着民兵到林子里转,总是用嫉恨的眼睛盯着庄稼。他说:"赶地!赶地!"——我们一听这两个字就要浑身发抖。那是指我们种地垦荒超出了他们划定的界限,把公家的地"赶"开了。这是剥削阶级的一种土地欲,是罪大恶极的。接着瘦筋就要惩罚我们,让民兵把靠近边缘的几尺宽的一溜儿庄稼全都削掉。黄烟秸、山芋蔓和玉米棵上都渗出了晶莹的水珠,后来这水珠又变成了红色,通红通红。瘦筋他们走了,除了父亲之外全家人都抱头痛哭。父亲在地里走来走去,恶狠狠地冲我们叫骂:"再哭,他妈的给你几巴掌。"妈妈第一个止住眼泪,弯下腰收拾被砍掉的烟叶。那些秋天我永远也不会忘记,因为我们收获的更多的,是屈辱和眼泪……我问姐姐:

"你还记得那天早晨……玉米被砍倒了,我们……"

姐姐打断我的话:"怎么会不记得。那个早晨我给吓坏了。经过了那个早晨,我更不明白父亲了。"

那天我们得知玉米田被瘦筋他们砍了,一齐扔了手里的碗往田里跑去。整整三行玉米被半腰斩断了,还没有成熟的玉米棒子吊在秸子上、踩在湿土里。

父亲腰里掖了把镰刀，站在田头上。谁也不知道他为什么要带一把镰刀来。我们跟在妈妈后边收拾折断的玉米秸，把青嫩的玉米棒子捡起来……我们不敢吭一声。我看到妈妈做活的两手抖得厉害，就小声叫她："妈妈。"妈妈不应声，头也不回。有一个人蹲在玉米地里，弄得玉米叶儿唰唰响——我不知怎么一下想到了一个人，诗人。我总觉得他快来了。我对在姐姐耳边说："是他。"姐姐打了一下我的手。正这时我们身后响起了炸雷一样的吼叫："你给我站起来！"我们在这吼声里一下子凝住了。玉米地里死一样安静，那个人没有一点声响。"站起来！"父亲又那样吼了一声。那个人缓缓地站起来——他让我们看清了，真的是诗人。原来他比我们早一步来到这里。我估计他要穿过林子到我们家去，目睹了凌晨的惨剧，就躲在了这儿。靠近被砍削的玉米秸那儿有很多玉米棵被踩得七歪八倒，它们之间有的已经让一只手小心地扶起来，并在根部加了新土。这一定是诗人干的。我想他正干着，我们来了。这时诗人跛着腿走出来，看也不看父亲，蹲到歪倒的玉米那儿干起来。

父亲喊道:"你又来了!我说过这个家再不准你来沾边,我说过……你吃我一镰吧!"他说着一下拔出镰刀,一步一步向诗人逼近过去。我们叫着站起来,妈妈不知为什么搂住了姐姐,嘴里叫着:"我的孩子!我的孩子!"姐姐喊:"快跑,你!"那个诗人站起来,拍了拍土,直眼盯着父亲。父亲举起了镰刀,两眼通红,喷着火气。他突然"嘿"地大叫一声,镰刀狠狠地落下来,把诗人刚刚扶正的那株玉米当腰斩断……妈妈跌坐在地上。

小屋里没有一点声音。我相信此刻姐姐又一次听到了那把镰刀掠过空气的嘶嘶声。她沉默了一会儿,说:

"父亲欠我们的东西太多了——我多少年来一直这么想。他一步一步把他的老婆和孩子领到了地狱的入口。可是现在我不那么想了,这也许是我上了几岁年纪的缘故。不过我不敢说我不恨他了,更不敢说心灵深处有一点点爱。我每逢走到林子里,看到那被荒草掩着的两个坟尖——妈妈的坟和父亲的坟靠得那么紧——心里就泛出一阵酸楚。我可怜他们,我是说我也可怜父亲。我知道我和你都太小了，没有能力去理解自己的父亲。可是你就要走了，这些天我一遍又一遍想着父亲，不知该怎么跟你谈。我心里想，一个儿子长大了，就该把父亲和母亲、特别是父亲弄明白，弄不明白，应该焦急，应该尽快搞清楚。我不信一个连父亲也搞不清楚的人，会在外面过得好。"

"姐姐！"我着急地喊了一声。这喊声里掩藏了一丝别人听不出的愧疚。

姐姐看也没有看我。"不用说，没有父亲，母亲就会活得更久，活到现在。差不多是父亲一手害死了她。可她临死的时候唯一的要求是跟自己的男人葬到一起。她还是恋着他，在阴间里也要追随他。你不觉得奇怪吗？妈妈到底怎么了？是妈妈糊涂还是我们糊涂？不知道……理解父亲太难了，因为我们不知道很早以前的父亲。你还记得父亲那张照片吗？"

我点点头。这张照片对我的刺激太深了。那是一个深夜，姐姐拉严了窗帘，从桌子下面的小盒里抽出了一个小本子，又翻出了一张硬纸片——我以为那肯定是诗人的照片了。谁知那是个陌生人。一个男人，二十多岁，又黑又大的眼睛，头发浓密。他穿了西装，文弱羞涩，像是另一个世界里的人……我不信这会是父亲，然而事实上这正是几十年前的他。这张照片一直由妈妈保存着，她给了姐姐。我一遍一遍凝视着照片上的人，第一次有了对生身父亲的强烈的好奇和向往，但这仅仅是对那个年轻的父亲。这怎么能是他！他们之间怎么会有什么联系！我心中的父亲一直是那个伸开两腿坐在泥土中、手握一把菜刀恶狠狠地剁着猪菜的老男人。他满脸深皱，眼睛又小又恶，手上是发红发紫的伤疤，在田里做活时，像大家那样一转身就解了裤子小便。这才是现在的父亲。从此我心中就有了两个父亲，而奇怪的是，我坚信那两个父亲之间充满了深深的仇恨。我有一次将这个想法告诉了姐姐，姐姐说："胡说，他们是一个人。"我没有做声，我也知道他们是一个人，但还是认为照片上的人与现在的父亲有着强烈的仇视。有一次我又把这个想法告诉了那个诗人，诗人望着姐姐，问道："难道弟弟说得不对吗？"

原来岁月可以把一个人分成两半。一半恨着另一半，差不多要杀死另一个"他"。

姐姐说："我刚刚说过父亲性格中的顽强——你很容易一般化地去理解这个'顽强'。不了解过去的父亲，这一切你就没法搞明白。仅仅说他是'顽强'行吗？照片上的那个人怎么变成了后来的父亲？这一切能够让人相信吗？但它的确发生过。就这样，岁月可以改变一切，重铸一切，让你目瞪口呆。你后来亲眼看见有些人是怎么打父亲的，可母亲看了回来一边流泪，一边擦着眼泪说：这也许不会是最坏的呢。要知道父亲这之前还住过五年监狱，在深山里戴过脚镣、开过矿。是啊，我们没法亲眼见到深山里的生活，就不能说回到林子以后的父亲更受虐待了。妈妈说父亲从来不讲深山里怎样，这个男人把什么都闷在肚子里。每个人抵挡磨难的方式都不同，有人大喊大叫抵消一些痛苦，有人就不声不响地吞咽下去，把它在肠胃里消化掉。比如那一次我亲眼看到了他们批斗父亲和另外几个人：会开到接近尾声的时候，主持会的几个人、站在台子两侧的几个人都激动到了顶点，骂着，搓着手，最后打起了被批斗的人。他们甩着皮带横抽，台下的人就呼口号、助威。他们越打越来劲。父亲和身边的那个人被打得嘴角流血，后来又猛地给推倒在地上。两个人没有提防，嘴巴碰得直流血——那个人费力地爬起来，一丝一丝挪了几步，一下子伸手拽住了打他的那个人，发狠地叫着。好多人惊叫着跑过去，有人一棍把他击昏了……那一刻我的心都跳到嗓子眼了，我怕父亲也会那么来一下。可后来没有。后来所有人都不声不响地盯着最后一个趴在台上的人——他碰伤得最重——久久地趴着，后来也是一丝丝挪动着，爬起来，紧紧闭着眼睛。我怕他也会突然伸出两手。但这种担心太多余了。他闭着眼睛，费力地吐出一颗牙齿，仍旧默默地站着。那以后我为他的忍让暗自庆幸，也多少有些瞧不起他。多少年过去了，现在回想起来，就再不敢那样看父亲了。你说呢？你能说父亲那样就是软弱、窝囊吗？"

我长长地舒了一口气。我不能那样说父亲。我摇摇头。

"我不敢去看父亲的手，"姐姐看着自己的手，"那双手有时候让我恶心，有时候让我害怕。十根手指全变了形，有的骨节像烟斗那么大。茧子从掌心长到手背上，又被疤痕分成一块一块，往上鼓着。这双手能代替锄子除草松土，还能顶铁锨用，有时像一把镰刀那样，不知怎么就把伸到田边的树枝削去了。父亲一有空闲就蹲在田里，很少拿上工具。他的十根手指插进土里，什么都阻挡不住。正是这双丑陋的手才使我们全家没有饿死。你不难想象这双手原来是怎样的，它一点也不比你的难看。这双手发起火来够吓人了，打到你和我的身上、打到妈妈身上也比一般的手重十倍。可是我现在想想，我没有多少理由像过去那样恨这双手了……"

我听到这儿想告诉姐姐：是这双手使这一家在林子里活下来；可同样是这双手把一家人推到了灾难里。像这样活着，难道比死去还要好多少吗？我只是这样想，并没有说出来。此刻我想到了母亲，想到了我真正怀念的人。她才是让人可怜的……我难过得很，用力地抑制着什么。

姐姐好长时间没有说话，她只是看着我。她的眼睛、她的神情,不能不让我想起母亲。

我的永远再也见不到的母亲哪!我在远行的前夜里可以忍住什么,一百次地提到父亲,就是不愿提到您。我们如果过多地谈论您,会扰乱您的安睡。您在一片夜色里如果看到一个神气十足、即将离家的活泼的儿子,会微笑的。

姐姐的目光久久地落在我脸上。再有几个钟头我就要启程了,她要更多地看着我。我不怎么看她,因为我心中深深地印上了她的形象,因为我在她的目光里多少还有点羞涩。我们沉默着。有一次我抬起头,见姐姐在用询问的目光盯着我。我叫了一声:"姐姐……"

她说:"那把刀呢?我找了几天,没有找到……你一定看见了。"

我心上被什么轻轻按了一下。

"你看见了就告诉我。"

"那刀……"我嗫嚅着。

姐姐站起来:"你真的需要吗?"

我想了想,回答说:"我需要它。"

姐姐的眉头微微皱了皱，然后叹了一口气。她的手指在桌子上活动了几下，好像仍在表示怀疑……她终于坐下了，一只手扶着额头。

那把刀是我们家唯一可以称为武器的东西，能够保存下来可真是一个奇迹。谁都不知道这把刀的来历，只是觉得它的样子有些特别，刃子也特别锋利。有一次我用它削一根木棍，妈妈看见了立刻夺下来包到了围裙里，四下里看看说："让你父亲看见就糟了……"她小步跑到姐姐屋里，让姐姐藏起来。我从那儿模模糊糊知道了那是父亲用过的刀，而他差不多已经忘记了。可是有一次父亲喝醉了酒，竟然跟母亲要起他的刀来。他吃喝着："我的战刀呢？"母亲声音怯怯地说："哪有什么刀啊！你早不知丢在什么地方了……"父亲拍着桌子嚷叫："胡说……老红军怎么能没有……没有一把战刀！"……我清清楚楚知道那把刀就在姐姐的小屋里，也知道自己有一天也许真的会把它派个好用场的。也就在那一年的秋天，我在一个深夜把它取出来，月光下用拇指试了试它的刃子……

"你还是把刀留下来吧。"姐姐好像一直犹豫着,这会儿说道。

"我总得有个护身的东西呀,再说……"

姐姐摇头:"我还是不放心。"

可是我已经十九岁了,作为一个男人,我有理由带一把刀上路……那时候我没有很好地使用它,是因为我还太小。那个秋天我才多大?不记得了,只记得那是一个秋天……满地铺着死去的树叶……父亲和母亲又一次被那个村子捕走了。他们把父亲和母亲用一根麻绳拴在一起,一路上,妈妈没有哭;她低着头——她很少被人绑起来,这会儿害怕村里的人看到她的脸……几个民兵把他们押在一个碾屋里,又跟一家富农的父女两人一块儿拴在碾砣上——他们一直被押了七八天。后来有人想出一个主意,用他们换来邻村的几个坏人——这就可以斗个新鲜。他们于是落到了一个陌生的村子里。陌生的人们对于这几个人更有理由冷酷无情,而且动用了更陌生的方法。不久父亲躺在地上起不来了,有人用脚去踏他,他就没命地嚎叫,这在过去是很少有的事情。妈妈哭着哀求那些人说:"别折磨我的老头子了,我知道他不行了……"人家根本不听,上前就把父亲拖起来,两人架着他往前走。这样又是几天过去了,父亲常常昏死过去,他们才不得不把他送回来。妈妈奇怪地挺住了,她竟然没有倒下去。回到林子里,她和姐姐急急忙忙采了些草药给父亲裹伤口,然后去村里,请求他们允许我们家请一个医生来……医生请来了,他轻轻按了按父亲身上,告诉说:父亲至少断了三根肋骨。妈妈说这能不能接上?医生摇头。他离开的时候对妈妈使了个眼色,妈妈跟他出了门去,半晌才回来——她面无血色,一进门就坐在了地上。她小声说:医生料定你父亲也就是这几天的事了。父亲在炕上一会儿就尖叫一声,骂着什么,有时能听出是骂母亲。我希望这一切快些过去,这些尖叫,这些咒骂,都过去吧。我看着炕上挣扎的那个人,在心里说:"也就是这几天的事了……"我当时瞥了一眼姐姐,见她也看着炕上的父亲。我相信她心里也有过那样的一句话。

如果不是亲身经历了那个秋天,谁也不会相信林中小屋会发生这样的奇迹：父亲在炕上苦熬了几天，竟然一拐一拐地下来走路了。他瘦得只剩下皮和骨头，那双眼睛陷得老深，有些吓人。他用一根细细的槐木做了拐杖，费力地从屋里走出来，又到姐姐的房间里看了看，然后站在了小院里。我悄悄地跟在他一侧，不时地瞥他一眼。后来我吓得跑回了姐姐身边。姐姐见我惊慌的样子就问："怎么了？"我说："他，父亲站在院里还、还笑呢！"姐姐"啊"了一声，赶忙到窗前去看他。此刻正好妈妈跑出来了，伸手去扶父亲，被他推了个趔趄。妈妈说："你死不了啦，你还没有受到头啊……"她说着就呜咽起来。父亲哼了一声："让那些人做梦去吧。老红军要死那么容易吗？"我揪住了姐姐的衣襟，我每逢听到他的嘴里吐出那几个字眼，就感到一阵难忍的羞辱。这会儿我想，我们好像都被父亲打败了似的。他还是活过来了，打败了死神，也打败了我们——在这个四口之家——如果勉强加上诗人是五口之家——"我们"两个字又包括了哪几个人呢？反正不包括妈妈，但可能包括姐姐……

小院里又响起了"咔咔"的剁猪菜的声音。父亲又像往日那样坐在泥地上做活了。但那几根断掉的肋骨并没有长好，老要扎他的内脏——每扎一下他就要暴怒一次，拼命地喝酒，砸家里的器具。我们都不敢从他的身边走过，因为他不一定什么时候给我们一下。有一回妈妈端了一碗汤给他，他把汤泼到妈妈身上，砸了碗，又揪住她的头发狠狠抢了一下。当时可能折断的肋骨又在扎他的内脏了，他的眉毛和眼睛都拧到了一块儿，两手抖着、抖着，然后一拳把妈妈捅倒了……他还像过去那样霸道，那样凶恶，可也越来越无能为力了。田里的任何重活都做不了啦，那个村子就让他打扫全村的街道和厕所。他回到自己的田里还想像往日一样做活，但已经没有那样的力气了。他比以往任何时候都更加爱惜田里的庄稼，从菜叶上发现了一个虫子，就把虫子扯成好几段。有一回从林子外面跑来了一头猪糟蹋了青菜，他气得双手乱颤，就做了个陷坑。结果猪虽然陷入坑里，但它又掘土跑走了。父亲咬着牙盯着黑的林子，跺了一下脚。我知道他决定了什么。第二天，父亲就从一个小店里买回了毒药,掺在了一个玉米饼里——妈妈苦苦哀求他不要这样做,他骂着,还是把它扔在了菜地里。他把全家人都赶开,一个人守候在地边上。两天之后,那头猪死在了林子里,父亲又在一个黑夜把它割成几块拖回家里。他让妈妈做肉汤给他吃,妈妈不做,他就发狠地搡起妈妈的头、后背,有一次还打了她的耳光。我和姐姐去护住妈妈,身上不知挨了多少巴掌。我们后来待在了姐姐的小屋里,听着小院里父亲吭哧吭哧的喘气声。一会儿火光闪动着,他在煮肉了。肉的香味很浓很浓,但我们都像是嗅到了一股毒药味儿……这之后不久,妈妈也许是再也不能忍受父亲的凶暴,也许是对什么都无望了,在一个下午喝掉了父亲剩下的毒药。

现在我仍然不敢想那个下午的情景。汗珠从我的额头渗出来,我不安地去掏手巾。姐姐叫了我一声,过来给我擦汗:"你怎么了?你的脸色不好……"我挡开了姐姐的手,嘴里一连串叫着:"不不不……"

我又闻到了毒药的气味,这时张大嘴巴喘息。那个下午我永远不会忘记的,那个下午。我记得那天中午下了一阵小雨,所以林子里到处湿漉漉的。妈妈一个人吃过了什么,擦去了嘴角的水,微笑着,把我和姐姐叫到了身边。她躺下来,盖了一床被子,看着我们说:"你们两个是好孩子,会听我的话。是吧?会听话……我要你们不去恨父亲,不去恨他,他也活不久了。你们要尽力去扶扶他……"她说着咳了一声,再不说话了。我觉得妈妈好像年轻了,脸上有一层白霜似的东西,鼻子有些红。不过我总觉得有什么奇怪的地方,后来才明白:她从来不在这时候躺下休息呀。我问:"妈妈,你身上不舒服吗?"妈妈摇摇头。姐姐一声不吭地看看妈妈,又看看我。后来妈妈的身子扭动了几下,姐姐一下揭开了被子,又快速地盖上,大喊了一句:"妈妈,你是不是……?"一句未完她就哇地大哭起来,伏在妈妈的身上。她用手推我:"快去叫医生,就说妈妈吃了东西,就要不行了,快,快跑!"我的脚下什么知觉也没有了,像是一纵身飞出了屋子,飞入了林子。我不知赤脚踩过多少棘棵,却一点也不知道疼痛。我觉得脑袋里有什么一声连一声地爆响,眼前只有一条弯弯的小路,小路像蛇一样,自己会动……

医生在我们家一直折腾到天黑,直到妈妈大口大口地呕吐,他才搓了搓手,说:"行了,没事了……"我直到这时脑子才恢复了正常。我一直不敢凑近了去看妈妈,只听着医生倒弄皮管的声音,听着妈妈嘴里发出的呻吟声。姐姐端过一盆发红的东西,那是药液还是妈妈吐出的血?我相信都有。姐姐把脸盆端到外面去了。我伏到炕前看着,我发现妈妈的脸变成了灰白色,皱纹又密又多,肮脏的枕头上散着她稀疏的花白头发。我用力地忍住了眼泪,往外走的时候,与姐姐撞在了一起。"你要去哪?"她问。我没有回答。我蹑手蹑脚走进了姐姐的小屋,拉开抽屉,翻倒了一个纸箱的破棉絮。我终于找到了那把刀子……外面,月亮已经升到了林梢,远处的村子里传来狗吠。我看着月光下黑压压一片林木,用拇指试了试刀刃。"什么都在这个夜晚了,到头了。"我在心里咕哝了一句,把刀插在腰带上。正好这时姐姐从妈妈的屋里一步跨出来,伸手拉住了我,低着嗓门问:"你在这儿干什么?"我不做声,蹲在了地上。她用手在我身上摸着,我就拼命摇晃两肩。最后她还是握住了刀柄，抽了出来。我看不清她的脸，但我听得见她呼呼的喘气声。我们谁也没有说话。停了一会儿我说："你看不住我。我一定把他杀了。"这句话是咬着牙说的，我觉得仇恨已经填充了浑身的每一个毛孔。姐姐问："你杀了谁？"我毫不犹豫地回答：

"父亲。"

这样回答之后，心底冒出了一个微弱的声音，那就是妈妈在炕上的叮嘱，她留给我们的最后一个叮嘱……我的手伸到姐姐的背后争夺那把刀，这会儿手指抖动了一下。姐姐轻轻一拨就推开了我的手，接上抱紧了我。她抱着我，抚摸我的后背，手指活动得缓慢而又小心。我的头埋下去，一辈子都不想抬起来了。这就是那个月夜发生的事情。如果不是姐姐，这把刀子早就派了用场，我也不会有明天的远行了。刀子没碰到父亲，但他还是在那年的冬天死去了。妈妈虽然那次没有危险，不过却留下了深深的创伤，第二年春天就去世了。就是这样的一把刀子，我没有资格带上它吗？它一路上会守护我，也会向我倾诉关于它的一切。姐姐,你就让我带它上路吧。

姐姐这会儿终于走到背囊跟前,打开来,寻找着。

"你!……"我叫了一声。

姐姐把刀取在手里,对在眼前看了半天,又重新放到了包里。我松了一口气。

南风吹进屋里,一阵凉。不知是深夜几点了,有鸟儿压低声音叫了一声。我向天空遥望,透过树隙,发现了一片又大又亮的星斗。它们在这个夜晚炽烈地燃烧着,光亮刺目,简直让我不能置信。我记不起曾经见过这样大的星斗,此刻仿佛感到了它的灼热。天空没有云,没有一丝雾气。近处的树上淌下水珠,洒在冰凉的泥土上。我清晰地看到了这个夜晚一棵棵矗立的树木,它们向上拢起的浓黑的枝丫,一动不动。整棵树木看上去像是一座座方尖石碑。泥土上是一层暗红色的草,无数片火叶燎着这个秋夜。一个小蚂蚱很偶然地蹦出来,展开钢硬的后翅弹了一下,发出了极细弱极清脆的弦音。芦青河在远处响着,它的声音只在这安静的时刻里才传过来。当我再一次仰脸去看天空的时候,发现一天的星斗更大了,它们颤动、旋转,一齐向我逼近过来。我压抑着心底的惊讶,悄悄地退回到姐姐身边。

姐姐说:"这把刀是你的了。路上会遇到意想不到的事,也许会有野兽——到那时你就用得着了。不过你知道我担心的到底是什么。我怕你冲动起来不得当地使用了它。一个真正坚强的人永远也不忘自己的责任,不会随便把自己交出去。说到这里我还是要提到可恨的父亲,他就从不轻易放弃生的希望,相信自己该活,也就活下来。你可能问他活下来又有什么好处、有什么用,那我劝你还是先这样问一句:如果父亲早死十年,我们这个家又会怎么样?你会弄明白父亲还是尽了一个男人的责任。没有他,这个家也就真的完了。你有一把刀,这把刀是从林子里的这个家带出来的,记住这点也就够了。不要轻易使用它,最好一辈子也不要使用它。"

我赶忙说:"我会记住的。我一辈子把它放在身边。"

"你在林子里过了十九年,这是有血有泪的十九年。你不会忘记。我担心你忘了另一些东西,就是你在最艰难的时候得到的安慰和希望。你不该忘掉……"

我打断她的话："永远也不会。"我的脸有些发烫。我怀疑姐姐知道了我的背囊里还装下了什么。那是几个美丽的小海贝、一块手帕——这是农村简朴而永恒的信物。我当然要把这些带上，开始我的长途跋涉……我回答姐姐："不会忘记。"

"你的朋友不会跟你一块儿走，他们还要留下来过自己的日子。不过他们的心会跟随你上路。我知道你这几天会跟他们道别，说很多很多话。我只是不放心，怕你忘了。"

我看着姐姐，眼眶一阵发热。我张大嘴巴呼吸着，让这秋夜的风灌满我的肺叶……这片林子和田野，会铭刻在我的心灵里。当我结束了七年可怕的学校生活，投身到自然的怀抱中时，还是感受到了另一种温暖。尽管每天的农活很累，满手满脸都是泥巴，我还是尝到了少有的愉快。特别是我躲开了父亲——他往往被押到更脏更累的地方去干活了——现在差不多完完全全是我一个人了。劳动无论多么艰苦、周围的人无论对我多么冷淡，我还是没有放弃去寻找友谊，哪怕仅仅有一丝指望。一些比我早几年毕业回来的姑娘们看我的时候，目光里没有半点轻蔑和鄙视，这使我觉得十分奇怪。就在她们当中，我发现了一个叫阿队的姑娘，发现了她的热烈的目光。

阿队的父亲是当地人，母亲是南方人，很早以前就跟爷爷生活在一起。她的母亲没有了。她长的样子让人看一眼就忘不掉：额头鼓着，眼睛圆圆的，细细高高，脸色很红。她差不多总穿一件通红的衣服。她爷爷疼她，唤她"丑乖"——我曾问姐姐什么是"丑乖"。姐姐笑而不答。我知道阿队是非常美丽的，常常注视她。我看她的时候，一颗心就快乐地跳动。阿队离我近的时候，我可以闻到她身上的热烘烘的气味……她常把好吃的东西装在衣兜里，瞅空就给我一把，那主要是酸枣、花生、糖果等。有一次几个年轻人休息时摔跤玩，阿队偏要把我当成对手。她一下抱住了我，我也抱住了她。她的腰那么细。她使劲揪我的衣服，还伸出一只脚来下绊子。当然，我轻轻一下就把她摔倒了。这是我永远难忘的游戏。这是我一生中无法重演的无忧无虑的天然有趣的一幕。

后来——大约是半年之后的一个下午,我第一个来到空无一人的田里,等待人们一块儿做活。我坐在长满紫穗槐的沟渠边上,看身体大如拇指的小黄鸟儿啄食。一会儿,突然阿队从绿色的枝条间探出头来,朝我做了个鬼脸。她嘻嘻笑着,告诉说早就看见我了,于是猫着腰从渠中钻了过来。她喘息着说:"渠下边可阴凉了!"我们一块儿到渠里去了。她的身子一缩回紫穗槐中,就再也不笑了。她看着我,伸手抚动着我的头发,又用手指轻轻按了按我的眼睛。她看到我的手腕上有一个血口子,就惊讶地张大了嘴巴。我不愿告诉她这是父亲打的——他把一个铁铲子扔过来,我用手去挡……我退开了一步。阿队的眼睛比刚才更亮了,呼吸的声音更大了。她口吃地说:"我们,抱在一起,好吗?"我的眼泪不知怎么出来了,我说:"我们摔跤那会儿抱过了……"她紧紧地抱住了我,说:"那才不算,那可不算。"她的胸脯一起一伏挤压着我。我的泪水一滴滴落下来。她给我擦去了泪水。最后,她盯着我的嘴唇看了看,低下头吻了一下。

那时的情景就像在眼前一样。我紧紧地咬着嘴唇，从桌前站起又坐下。姐姐问："你看过她了吗？"

她问的是阿队……我闭上了眼睛。

我没有去看阿队。"阿队！我的阿队……"我多少次在心底这样呼唤着，可我一次也没有去看她。

还是别让我看到她吧。阿队，我的阿队……我被钉子板打得浑身是血的时候，我没有流泪，可我与她在一起的那会儿流泪了。她的温暖的身躯使十几年的积冰一瞬间全部融化了。以后的日子里，那真是不可思议的一段时光。人的一生中原来还有这样的一段时光组成，令我心醉目眩。我多少次在深夜穿过林子，到那个村子里，在她的茅屋前边徘徊。她一有空就到林子里干点什么，采蘑菇、捡干柴、摘野枣，仰起脸呼喊什么。当父亲不在的时候我就跑进林子深处，寻找我们一起待过的地方。那时我穿着打满补丁的衣裤，裤子还是一条刚刚染上黑色的暗花布做成的。我的头发又乱又脏，洗也洗不干净，脚背上是泥土和刚刚结住的伤痕。总之，我的一切全都标明了我是林中小屋的一个儿子，我只配有这样一副模样。我是在这个时刻才明白了爱情的，它可不管你住在林中小屋、在草窝里、在土洞里，甚至是在粪坑里，它只要找到你，可不管你住在哪里。这样的情景只有一次也就够了，有一次也就什么都不该抱怨了。我走过来了，我长大了，我是个大人了——从那儿起我再也没有埋怨什么……阿队的父亲知道了女儿的事情，扬言要放火烧了我们的小屋。父亲拧住我，把我折磨得死去活来。但我都没有抱怨什么。不久阿队被卖到了南山，换回的是五斗上好的玉米。阿队说自己很快会死的。我后来见过一次阿队，她没有死，只是瘦得两眼更大更深。那双深陷的眼睛里有看得见的火苗。阿队，我的阿队，别再让我看到你，让我就这样上路吧。

姐姐沉默着，她在想阿队、想她的诗人吧。在这样的秋天的夜晚，他们在哪里？他们会想到这个林中小屋吗？这儿只剩下了姐弟二人……她的温柔的眼睛注视着我，在这临行前的夜晚她看了我那么多。这目光就是一种叮嘱。当我踏上漫漫旅程的时候，我的前面一直会有着这样的目光……她声音缓缓地说下去：

"尽管你生在林中小屋里，你知道还是有人喜欢你。我想起这个就高兴,就忧愁。你长高了,长大了,说话的声音有那么一股男人的味儿。这有多么好,我心里甜滋滋的,因为你是我的唯一的弟弟。我知道你多多少少会给我们这个家惹下乱子的,后来果然出了阿队的事情。她一门心思爱护你。她看见我,就换了一种特别友爱的眼神。这一切都非常美好,非常非常美好。从那时我知道你的天性中除了刚烈火爆,还很多情,有时十分细微也十分敏感……"

"姐姐!"我急急地打断了她的话。

"不是吗?你应该说是这样……"

我急促地喘息,不想肯定也不想否定。

她说下去:"这当然是一种好的天赋,你为什么要不好意思?不用说这往往与难得的才华连在一起,就是说你有独到的能力。你认识或不认识这种才华,它都存在于你身上。不过我还是担心,担心你的多情和这方面的柔弱会耽误你赶路。谁知道你将来还会遇到什么?谁知道你心里还会涌起什么风暴?就看你怎么把住自己的舵了。本来我不想说这些,后来想了想,我不能不特别提醒你一下。这些你都明白,我只要一说到这儿,你就全都明白了……

"不过弟弟,我不是说你要在爱面前犹犹豫豫才好,不是。我还是要说父亲,你应该像他那样,为了爱去奋不顾身。你觉得一切都从心底下喷涌出来,不是什么东西可以压迫住的,就让它喷涌好了。父亲为了母亲抛弃一切,从那座海滨城市匆匆赶来,然后再也没有离开。当然,他的厄运也从这里开始了。可是你能说父亲在临死的时候后悔了吗?如今为一种爱大胆付出的人又在哪里?他的火热和诚挚使他的生命放出光来。这种燃烧才叫棒呢,连剩下的灰烬都是永远烫人的。

"你现在长大了,会知道自己是个挺好的小伙子。不过我怕你太看重了这些——你会不知不觉就过分看重了这一切。这样就会误解你自己,你会为满脸皱纹难过。其实这有什么办法?那一切本来就会是短暂的。你不会是个狠心的坏人,不过我还是怕你变成那样的人。如果你将来变坏了,我会难过死,消息传来那天,我会走开,胡乱过完这一辈子,再也不见你。你现在是个好人,这一点我清清楚楚——你的心软,看不得苦难,恨死了那些欺压别人的人。这是我的安慰。可是你才长大,你明天就要离家,谁知道你一辈子会怎样?我又不能一直看着你……"

姐姐的嗓子像被什么咽住了。我真想去安慰她,去求求她别再为我忧虑牵挂……我要上路了,天一拂晓我就要背起背囊——我,林中小屋的儿子,将来会背叛吗?我紧紧咬住牙关,在心里呼喊:永不!永不!

"弟弟,你在同龄人中,也许算是受了很多苦的人。你身上那么多伤痕,还有更多的看不见。我得说这真了不起。这一切会帮助你。可是你该明白这又没有什么——因为人生下来就要过各种生活,天底下的苦难太多了,你经历的这点点不算什么。过分看重这一点点会显得挺可笑。想想吧,一个在别人眼里还算个不足二十岁的小孩子,整天被苦难压得皱着眉头,这有多么可笑。你一定也看到了,受过大苦的人中只有一小部分更加善良,他们才一辈子自觉地为消除世间的黑暗去争斗,站在弱小的人一边;所以说一个人过去的历史不能证明一切。尽管这样,你以后遇到受过大苦、遭到过很大不幸的人,还是要特别地给他一些尊敬,不妨先把他当作同类。虽然这样不免要常常上当。我们不能再有别的做法。你与那些人在一起,只有一次、只找到一个同类也是值得的,这样你一辈子就不会孤零零的了……"

姐姐在说下去。我的两眼极力地忍住了什么。我在天刚拂晓时就要上路了……"姐姐,我的姐姐!"我在心里呼唤着。

"我怕你日子久了,多少会忘了这个林中小屋——你以后多想想这个小屋吧,想想它的颜色,它漏雨时淋下的黑印,屋角的两个土缸,还有父亲起山芋的木铲、妈妈的针线笸箩……你夜间一件一件想想,会睡个好觉。你觉得身子边上就是小屋里的东西,这一切你一出生时就闻惯了它们的气味。它教给你的东西太多了。你会成功。到那一天你要明白这只是你的一段好时光,什么都会自然而然地过去。你要赶紧抓住你最有力量最有心思的时候,为那些不幸的人做点什么。

"同样的道理,因为你是这个小屋里走出来的人,什么也骗不过你；你又嫉恶如仇。所以你会遇到一件接一件的麻烦事，用大家的说法，就是你得'倒霉'。我多么怕你走到这样的绝路上去。我们都见过父亲是怎样生活的——他一步接一步，像命里规定了似的，走入了罗网。我真怕你也那样。想到这儿我就一阵阵难过，不知该怎么才好。可我不能教给你躲避，不能让你走另一条路，你没有权力做出哪怕稍稍不同的选择。你就该走这样的一条路。我想说的还不是这些，主要的不是这些。我要说的是后来，是这些倒霉事全来了的时候，你会怎么活？你想想吧，你要离家了，要走，不把这些想透怎么行？前几天我帮你整行李，想来想去也没有说，怕你带着一身不愉快出远门。可后来想，只是躲着也不是个办法！弟弟，你还是要想想……到了那时候，你会顽强得像一开始那样吗？你不会丧气得去揪自己的头发吗？我想你即便丧气，也只是一段时间，最终你还会挺起腰杆。你一定是个能吃苦的人，会嚼着东西活下去。我相信你会像父亲那样，活下去，活下去。这一切虽然难以做到，但还只是第一步的事情。最重要的是你到了那种境地，你绝望了的时候，会怎么去评判你这以前的生活？你还会为自己的勇敢骄傲吗？你还会为自己那一段的事业自豪吗？你要活下去也许不难，可是这种活不能是挣扎，不能是挨日子。我觉得父亲多少有些令人失望的地方，就是他认了，他输了；他的顽强是一种挣扎的顽强，是一个失败者的坚韧——而我要求你的，是想让你做个不败的人！什么也打不倒你，打不烂你，什么也不能……"

我听到最末一句，突然脑际又闪过了那条带钉子的木板，听到了他们的吵嚷："打呀，打烂他，打黏他！"……

"无论到了什么时候，你都要守住心里头一点东西。它是什么，我也说不清。是一条自己摸到的原则吗？说不清。不过你会感觉得到它的存在——尤其是有人伤害它、碰到它的时候，你立刻会强烈地感到它神圣地居于心的正中。你会是这样的人……离家了，一切全靠自己照料。走吧，上路吧，一辈子忠于友谊，忠于最珍贵的东西。一辈子也不要中伤别人——记住你跟其他人的区别是什么、在哪里；

一辈子不忘你是从林中小屋走出去的一个儿子……"

我的眼睛终于把什么忍住了。我一直看着姐姐的眼睛。我记住了她的美丽庄重的面庞。我不知不觉间一直紧握着拳头,这时拳心里全是汗水……我站了起来。

小屋里一片曙色。

姐姐走过来,提起背囊放在自己身上。后来她给我背上它,拉过我的手臂,穿过那两道背带——这突然使我想起了小时候母亲替我穿衣服的情景……

我说:"背囊好沉呢。"

姐姐没有说话。

我又说了一句:"背囊好沉呢。"……

> 一九八七年九月十五日于济南
>
> 一九八八年七月十日于龙口

附：

一地草芒露珠灿

词语粉碎机

　　人们最初受到的写作训练和养成的文章欣赏习惯，再加上整个社会教育的影响，在某些观念方面造成了模糊不清的后果。比如说"诗言志"，对这个说法从不怀疑，但对"志"的形态与方式却不曾追问。我们小时候作文常常要有个主题，要分析主题思想，即"通过什么说明什么"，最后的"结论"等，这样一套逻辑关系。这差不多形成了写作与阅读的通识。

　　可是进入文学写作后又会发现，作品远远不是"通过什么说明什么"这么简单，它要表达的问题好像更多，说明的方式也更复杂。只是由于整个社会的大教育，从小学到大学的作文课，才使人不知不觉或不同程度地陷入了简单化，把文学特别是散文和小说、诗的写作与阅读，都等同于议论文。

即便是多多少少地以对待论文的方式来对待文学作品，都是一种损害，形成理解和诠释的误区。百分之九十以上的虚构作品，作者的关怀比评论者预料的要开阔许多、复杂许多。作品不仅不是"通过什么说明了什么"，而且很多时候连作者自己都难以讲清，因为那是一个浑茫的、难以把握的世界，通常把这个世界叫"意境"。当然，也许用这两个字去表述还远远不够，这里只可以感悟。一个文学家用语言去表达根本没法言说的那一团感知是多么困难，所以他们会试着把词语"粉碎"。如果把语言、文字、词汇各标出不同的长度和体积，那么它们用来表达最复杂最纤细的感悟世界时，还嫌太大、太长、太粗。有些极细微处，它们的体量无法通过，因而难以运行。所有的字和词、概念，都有固定的长度和规模，为了进入极细微的局部，杰出的文学家只好把固有的词语粉碎，变成屑末，以便用来表达（修筑）无比细腻的感受世界。

"通过什么说明什么"的理念中，文章里的所有词语都是既定的，是粗重结实的预制件，使用起来既方便又快捷，然而却离作品所表达的真实有些遥远。比如小说中塑造人物与讲述故事，整个过程中有批判有歌颂有揶揄有讽刺，有诸多倾向，有愤怒喜悦和一些难言的情绪，有许多游离的部分，有烘托和裹挟，有寓意和叹息，有莫名之物。整个这一切都需要使用词语去呈现，而每个词语的边界，极可能在具体的语境中悄悄地切换了。

有的写作者满足于考虑主题思想，并以故事和人物去表达它。这样的写作在一般读者中也许颇受欢迎，但这不会是好的文学作品。这里犯了简化的错误：把审美简化为说明，把诗意简化为问答。也正因为简单才容易得到呼应，还可能在短时间内风行。但这一切都不会持久，因为它不是真正意义上的诗，最终不会拥有大读者。而只有大读者才是诗的阐释者、记录者和保有者。

一度被很多人追随的肤浅文字要褪色是很快的，虽然不能简单地说它们吸引的全是乌合之众，但这一部分人真的没有记忆和诠释能力，他们无法将自己喜欢的文字转达和扩大，更不能创造性地转化和想象。他们驾驭不了这个过程。所以只是很短的时间，那些作品的"轰动"就消散了。

杰出的作家只面对细微而敏慧的读者，他们自己就像一架词语的粉碎机。

敏感多情

一次写作是这样展开的：开始的时候要想一下即将涉猎的对象，一些愤怒和爱，冲动，或明或暗的理念等等。这些东西会牵引一支笔。但是如果一直被它们所牵制，目光也就浅近了，视野也就狭窄了。比如写一片林子，里面发生了好多事情，有许多故事，讲述者却将注意力集中在一个方向，目无旁视。因为直奔简单而显豁的目标，一路匆促中也就忘记了一旁的小鸟，当然也产生不了那种毛茸茸的爱，没有特异的安慰和感受。没有时间研究这种小生灵，不会在意它的忧郁，更看不到两旁树叶水滴闪烁，一地草芒露珠灿灿。

昨夜花香逼人，梦中微笑；偶尔失眠的烦恼，顽皮和等待，一切都发生在进入林子之前。悉数记下这些可能过于分散了，不过要看一个人的能力，一个人的把握力。常常担心这是一种浪费，是耽搁，是分散精力和不务正业。有人认为把所有"琐屑"都写上，哪里还有时间和空间去表达最重要的东西，如恨和爱。且不说这些是否"最重要"，单说过多的"恨"和"爱"，或许也会遮蔽生命中的另一种饱满、自然和真实。

强烈的道德感对作家至关重要，它在很大程度上决定了作品的力量和价值。但可惜的是，在压倒一切的抨击与谴责中，在巨大的道德激情的缝隙中，我们甚至看不到一棵植物，听不到一声鸟鸣。这样的世界是令人怀疑的。我们知道如果是一个正常的人，一棵树也会让他感动。

螺　壳

在一些地区，作家们因为历史的或多方面的原因，不得不调整生存与工作的方式，进一步把自己界定为专门家和手艺人。

杰出的专业人士敬业而娴熟，最终成为大匠，令人尊敬和钦佩。我们许久没有看到一个超绝的专门家了，所以对高度娴熟的职业人士无一例外地顶礼膜拜。

可是稍稍退开来看，有一些专门家却并非一定要钻入专业螺壳之中。在螺壳里的也会是二流人物。以文学而论，写作者大部分由于智力、立场、观念诸问题，把精力与兴趣局限在写作之内，甚至局限在某一个体裁之内。

这对有些人而言是自然而然的，对另一些人来说就是不可思议的。一个人专注于写小说，别的不管，一辈子吃定了编故事这种手艺。好像这个专业只要进入、撑开,里面是很宽大的,像跑马场那么开阔。殊不知退远一些看,它就小如口袋了,而且不透气。

　　杰出的专业人士需要是一个全面的、真实的人。专业只是生命的一部分,这一部分与整个生命连接一起才有深刻的表达。还是要说说托尔斯泰,尽管耳朵起茧。这人一生办过教育,当兵,管理庄园,做的事情多极了。作为一个认真生活的人,遇到什么问题就去解决,没有回避。写小说只是同样投入。苏联出版了一百卷的托尔斯泰文集,为什么这么多?因为感触多,对世界牵挂多。里面的许多稿子写一遍不满意,就再写一遍,《复活》这部长篇的好多开头都收在里面了。他看到庄园小学课本不好,就自己编,亲自为孩子撰写了许多寓言故事。他一直在改革农奴制,用心良苦。文集里面记录的事情太多了,什么艺术理论,宗教论述,应有尽有。后来人可以从诸多方面谈论托尔斯泰,无论怎么争论,都难以否认他是西方最伟大的作家之一。写小说的不崇拜他,有可能是故意使性子。宗教人士需要极认真地对待他的学说,做教育的也要学习他,做庄园管理的也没有忽略他。打仗时,据记载他非常勇敢,是战事内行。这是一个全面发展的生命,文学这一块只是一个方面的呈现。

一个人把自己塞到专业的螺壳里,其实很局促,从此人生的恢宏与舒展都没有了。

谦 卑

一个人有效的创造时间不过四五十年,只做纸上事业有些可惜。这里说一下诗人艾略特传记里写到的一些事情。他是现代诗坛的代表人物,离今天的人比较近。一般人都知道艾略特是个了不起的现代诗的开创者,但不一定知道具体的生活细节。艾略特特别喜欢猫,见了猫就挪不动腿,抚摸它,端详它。他给猫写了许多诗,美国百老汇一票难求的《猫》剧就是根据他的诗改编的。从他写猫的诗中可见,这是一个多么幽默丰富的人。这样一个人日常做什么?特别枯燥的工作,在银行里管理国外金融,每天填报表，跟浪漫的诗意相去甚远。他还写小说，戏剧作品也不少。就是这样一个人，日常生活既平凡又忙碌。

名声大噪之后，艾略特的诗在美国各阶层的影响都很大，甚至连公务员系统里都有好多人开口能诵。就是这样的一个成功者，却一直怀疑自己有没有写诗的能力和天赋。可见他不是那种小有得手就自以为了不起的人，也并不把别人的盛赞当成鉴定，没有飘飘然。他在书信里几次跟朋友说：我怀疑自己没有写诗的才能。这样说不是矫情。有的人不要说有了盛名，就是在一个小地方得到推崇都傲气十足，哪里还会怀疑自己的才能？艾略特很朴实，可能有时候写诗很不顺手，觉得很难搞，就怀疑起自己的能力了。

庄子说：举世誉之而不加劝，举世非之而不加沮。意思是大家都赞扬你的时候，你也不必过多地肯定自己，大家都责难你，你也不必过多沮丧。每一次写作都是一次开始，旧的问题解决了，新的问题还会出现，不停地写，就得不停地解决问题。一个生命如此朴实，就会少受外在因素的影响，独立思考。一般来说获得了像艾略特那样高的世俗地位，那样大的荣誉，再怀疑自己就不好理解了。但这是真正的诗人，很自我，很朴素。

一个真正意义上的作家其实也带有一切好的劳动者的特征，总是能够直面自己的工作，是一个全面发展的、真实的、认真生活的人。这样的人无论做什么事，都有可能是最好的。他在劳动面前是谦卑的，因为他会把探究真理看得高于一切，在人生的各个方面都是这个态度。当他在某个领域获得了荣誉的时候，深知这是生命的一个侧面，并不能取代其他，更不值得骄傲。

志　向

专家也要尊重人，尤其是对专业以外的人不能盛气凌人。比如到医院，有人因为亲人或自己的病，总要找专家探讨和请教，谈话时小心得不得了。因为一些医界"专家"动不动就呵斥人,问者稍不注意,"专家"的自尊就受了伤害,就要发火。不过接触更大一点的专家就可以稍微放开一点了,这时候谈话反而可以放松许多。真正意义上的大专家都是和蔼的,谦逊的,别人说了外行话他也能原谅,甚至还能从外行话中受到启发。

民间有一句话:"姥爷好见,舅舅难见。"姥爷地位高,阅历丰富,晚辈说多说少他不在意。舅舅则不得了,端起来,外甥就得老老实实。

知道生命的渺小和珍贵,才会知道自己。作家作为专门家,像某些医界人士一样,也是各不相同的。他们既是写作者,也是一个读者和批评者。读后有感受就会说出来,也就成了一个评论者。耍小聪明的人认为既然写作品也就不宜做批评,不然就是"过界"。他们只想老老实实编自己的故事,然后等着那些专门搞批评的人来夸自己。其实作家更应该有基本的是与非,直爽,求真。这是一种质朴。

一个人永远只是虚构故事,编造了十年、二十年,乃至四十年,其他事情全都不做或基本不做,似乎也不正常。文字生涯也是各种各样的，能虚构就不能写实？直接的纪录是再自然不过的事情，直接的评述与议论也是再自然不过的事情。除此之外，还有很多事情要做。鲁迅、艾略特、托尔斯泰，所有的好作家都在做许多事情。这些事情既是文学的操练，也是人生的操练。一个人过于行当化、专业化就走不远，奖赏受不了，委屈也受不了；书印得少了多了都影响睡眠。其实没有必要。

艾略特的朋友们见他天天坐在银行的桌子前，为那些报表操劳，有些心疼，认为他应该将更多的时间用来写诗。他们为他搞了很大一笔钱，是什么基金一类，这样就可以辞去那份枯燥的工作了。可是艾略特谢绝了朋友的帮助，觉得还是有一份实在工作更可靠一些。

第 一 线

二十世纪八十年代初，刚写了"芦青河系列"那会儿,有人找我谈话:要停一停了,赶紧深入生活,不然会出问题。什么问题?会写空,胡编乱造或更严重的方向性问题。一个创作欲旺盛的年轻人突然停笔受不了。但还是依从规劝到"第一线"去了。最后,大约是两年之后有点忍不住,又动笔了。

新的作品对我同样重要。有人再次说:不能写了,要读书,快到"第一线"去。这是一个不少的难题。

写作者有时候是停不下来的,心里有很多感触,阅读也会引起冲动。生活的各个细节都会引来创作的欲望。所以我在无法忍耐的境况下写出了《古船》《九月寓言》等作品。只得服从生命的自然需求,同时强制自己阅读和关注生活中发生的事情。强烈的写作冲动需要把握和积累,当一切准备充分,只能开始创作。

现在写得比较少,不是担心没有到"第一线"去,而是其他。"第一线"到底在哪里,是我一直思考的,因为这是一个晦涩的问题,相信对许多人来说都是如此。生活如果是一场战争,那么肯定会有前方和后方。生活是否一场战争,一时还无法判定。有时候像,有时候却也未必。我许多年里一直在寻找"第一线"，甚至非常焦灼。这是年轻时养成的习惯。

的确，作家有"写空了"的现象。有人误以为只要是一个成熟的作家，只要时间充足，就能一口气写出无数的作品，而且肯定在"水平线"之上。仅仅如此就算成功的写作？恰恰相反，作家的失败常常就在这样的状态和认识之中。需要对自己有极大的不满足，这个不满足既折磨人，又极其必要。重新设计自己，不停地思考和总结，或许需要借助一个时间的界线：重新开始。

随着年龄的增长，写作者对艺术、思想、社会、宗教诸问题，常常不可回避地纠缠在一起。如果一个作家在二三十岁的时候很少思考这些，那可能不是知识的问题，而是生命的感悟问题。到了五十岁以后就必然要跟这些东西相撞。生命在时间里苍老，这个时期专业的问题反而退得远了。表面上看二者割裂了，实际上当然不是。

这就走向了"第一线"，无论愿意与否。

修 尖 顶

人的事业如果比喻成一座建筑,基础结实,有立柱,有墙,有门窗。要盖大建筑,基础必得坚牢。什么是基础?有人认为是阅读和学习,有人认为是去生活深处。深处这个说法太通俗也太晦涩了。阅历、知识方面的准备,道德操练和修养,都属于基础。开始工作了,立柱,垒墙,透气采光,留下窗户。经历了相当长的时间之后,一座建筑开始矗立。

不同的生命有不同的建筑,一个人到了五六十岁的时候,建筑主体有了,但不能说已经完工。上面敞着,下雨会浇成一片废墟。还有尖顶待建。一些大建筑恢宏无比,因为它有一个了不起的尖顶,金闪闪的,精致,向上。

一个写作者最后要修起一个尖顶,避免化为废墟。随着成熟和苍老,最后挺向苍穹的,不一定是虚构的故事。需要稍稍不同的构筑材料。当然一个好作家什么材料都有，诗，宗教，思想与哲学，形而上。

随着苍老，尖顶开始修筑了。

一个生命在年轻的时候，比如二十来岁，可有构筑尖顶的能力？有人一起手好像就已经有一个尖顶了。果真如此，这尖顶像什么？像一个帐篷。没有体量，没有地基，还不是一座雄伟的建筑。原来生命过程是不能省略的，要经受四季。如同树木，结果之前要生长，要经历冬天的风。尖顶无论闪烁怎样的光泽，但由于没有加在一座庞大的建筑之上，就不是尖顶了。

那个尖顶没有从地表起建，它的直接"抵达"或许只是虚幻的、概念的、移植的、模仿的、矫情的。

我们虽然不能否定拔地而起的天才，却更相信一个艺术家非常朴素的操劳，他首先是一个大劳动者。许多人说到一个年轻的诗人，说他的奇异与不幸。其实主要是可惜，因为他具有对诗的无限热爱、看不到尽头的可能性、巨大的才能和极度的敏感，而且似乎具有跟个人生命经验对接的契机。但最终还是

"在路上"：没有经历复杂的生命过程，从幼稚到成熟、到苍老。

尖　叫

有人多么谦虚，甚至用宗教里的一个词叫"谦卑"都不过分；不急，慢慢向前；有一点随遇而安的、宿命的心理。正因为对世界怀有朴素的包容之心，这才有了真正的勇敢和锋利。那些貌似勇敢的尖叫，有时倒是大可怀疑的。

网络时代的尖叫太多。急切的尖叫会引起注意，被听到、被记录、被传播。尖叫既不悦耳也不持久。但不能否定所有的尖叫。有时尖叫确实需要，因为不能让所有人都沉默，或者都用中气发声。

尖叫不等于一切，更不等于正常的表述。总是尖叫即令人可疑。有人也会发出一声尖叫，但这是不得已的、不能持久的。

爱 书 院

在万松浦感受到的诗意和欢喜,是一种真实,也是一种新鲜。不过这里面临的问题跟别处也没有什么不同,有诱惑,有浮躁。做任何有意义的事情,都会觉得跟期望反差很大。书院到现在十一年了,第一二年时,许多朋友说这地方很好,比现在好,环境好,很浪漫。他们问这里的日常运转是怎样的,经济问题,其他问题,特别关注它的"可持续发展"。书院以后还能存在?有诸多担心。

谁都不敢保证书院一直运转下去。因为她面临许多不可抗拒的外力。我们爱这个事物,从无到有一点点建起,怀着理想,带着冲动、气魄、恒念、决心,甚至也有中气和底气。这些伴随着我们走到今天。但这并不代表她是永恒的。她随时面临失败、瓦解、不得生存。

一个书院是这样,一个人的事业也是这样。人的一生是非常困难的。比如说书院，当她没有能力、没有条件站立的时候，就更加考验着创造者，考验操办书院的这一拨人。主持人的智慧、气魄，生命质量如何，将逐步显现出来。假使这个书院没有条件再维持下去了，爱书院的人怎么办？拍拍屁股走人，这是一个选择。还有一种办法，就是找新的地方办书院。不能办这么大的书院，可以办小的书院。如果连小的书院也盖不了，那就把她装在心里，这反而更永恒更保险了。心里有一个书院，只要心不死，这个书院就存在。心里的书院会交给朋友，交给下一代。如果有了这样绝路逢生的想法，什么事业还会消亡？

只要真的爱诗，当个泥瓦工也仍然是诗人。爱没有丧失，诗就装在心里。最怕心里没有，只是提在手里，那就随时会被人抢走或扔掉。书院装到了心里，因为我们管不了别人，还管得了自己。这是保存书院最好的办法。对一种事物爱得深，才不容易失去。我们遇到很多极其困难的人，他们的生活难以为继，心中的美好却保存得很好。这是真正感人的。有人已经拥有很多了，但稍微受到一点诱惑，就轻易地把自己的拥有扔掉了。

留给时间

书院有一个开放日,在这一天,社区各界都可以到书院来参观,与院里的人沟通。那些考上大学的孩子来这里座谈。有人提议书院为官员和商人办班,像某个大学堂,来许多官员和商人听讲。那里主要讲《易经》和养生学,讲怎样长生不老;还有传统文化中极有吸引力的部分,如《论语》《老子》等。讲得最多的还是神秘主义的东西,胎息,长生,阴阳乾坤。万松浦不讲这些。

这里只想做一些力所能及的事情,留给时间。一个人或一个场所,能做的事情不像想象的那么多,做好一点就不容易了。这里常讲的一句话是:只要方向对,不怕速度慢。不要把一些事情看得太小而不屑于做,只看有无意义。比如说这几十个人的讲坛,如扩成几百人多好?有人嫌少。其实在这个时代更需要自信，耐心，谦虚，有数和有度。有人可能觉得这么有意义的讲坛，听众少就是浪费。这只是以人数论。大学问家熊十力曾有一个感人的故事：他在北大或清华，有一次在屋子里用很浓烈的地方话慷慨陈词，讲得声情并茂，一个人从外面走过，以为里面肯定有许多人在听演讲，推门一看，只有一两个学生坐在下面。这个故事说明了熊十力对生命的尊重，对人的尊重，对学问的尊重，还有信心。

我们书院面对的听众可能是少数，却要用十倍的力气，用底气饱满的声音去表达和传递。

书院不是一个文学院，其重点是文化传承。文学是文化传承和构成中的核心部分。这里无形中谈文学还是多了一点。我们想继承原汁原味的四大书院传统，沿用那种方法和内容、那种程式。当然时代变了，今天跟古代肯定有所不同，不会那么刻板地、按部就班地照搬。但肯定要有这个衔接。最早的书院和后来的书院也有许多变化，后来纷纷改为学堂，废除和改制是有原因的。

书院从创立的一天起就在找一个古代书院的"山

长",找一个学术造诣很深的老先生,但很难。现在是勉为其难,不能停下。不能把文学看成一个独立的专业,不能用这种思维对待文学。文学在古代书院的构成里面仍然重要,文学家要面向社会和人生。回头看一下,诸子散文,《诗经》,唐诗,宋词,在整个文化构成和传承里面的确占据了核心地位。

为未来的书院担忧,不如努力做好当下。有一些很堂皇的场所历史也不短了,但由于战乱和其他原因毁掉了,片瓦不存。很堂皇的建筑没了,但只要做出了大的业绩,就在文化史上留下了不可磨灭的痕迹。可见有形的东西没了,无形的思想还在。建筑比人的寿命要长,但还是脆弱的。人是最脆弱的。比如说操持书院那一拨人,像朱熹这一类了不起的人物,也会逝去。人是很脆弱的。看上去很一般的事物都比人耐折腾,比人的寿命长。所以关键不在于一个人能活多久,还要看他确立的事物形成了怎样的意义和价值。如果做出的事业是不可磨灭的,那么也就存在了。有形之物将来毁掉了并不可怕,有人会恢复它,循着它的思路往前,并且走得更远。

都不易

人生需要勇气，需要不停地跟内心里的懦弱做斗争，尽管会常常失败。谁都不能信心十足地说自己是一个成功者。诱惑很多，坚持下来就好。任何做了一点事业的人，还原到实际都会感到坎坷与不易。各行各业的成功者首先是艰难和顽强的。有一个朋友，无论说到什么事情都会随上一句：都不容易。这自有其深刻性。任何人与事业，哪怕做出了一点点成绩，都要摆脱许多缠扰、困苦和嫉妒，还有身体问题，有随缘行事等各方面的条件。幸运者是有的，但不多。

成功者其实只是坚持者，他们经历磨难之多，往往无以言表。所以对别人做成的一点事情，总要敬重在先。就因为做事不易，才需要勇气，一切预想在前。半岛人常说一句话，叫"递了哎哟"，意思是在山穷水尽、无法克服的巨难面前不得不缴械，双手递上"哎哟"，即呻吟哀求之声。耳边常有这句缠绕，深夜里想：

又一次"递了哎哟"。但尽管如此，黎明时分还得鼓起勇气往前。

另一方面，在局部，在阶段性的工作中获得的幸福，也能抵消许多痛苦。把乐观和悲观统一起来，把绝望包括进来，却不等于没有绝望。绝望本身也会换来很大的幸福，因为绝望连接了理想和荣耀，还有成功。连绝望都没有，就会一无所有。有了绝望，也就生出希望。

诗

有人爱诗，写诗，又怀疑自己这些长短句子是不是诗，是不是好诗。读一些当代诗，怀疑常存，因为看不懂，莫名其妙。也许有意思，但意思不大。不过是词语的调度，机灵的拆解。好在十三亿人中潜藏了多种可能。可能性建立于恒河沙数。有时候不过是三两句，好得让人受不了。读诗与读散文是两个概念。诗不像小说那样有头有尾地叙述，它是怦然心动且不可言表的某种感悟,是一次捕捉,是心头的闪电。亮光逝去又模糊。这就是读懂。

诗必言之有物,有生命经验。诗很难对付。一个大读者,与诗人拥有同等量级。捕捉诗意,参悟,对莫名其妙灵光一闪的参悟,苛刻的把握,准确的落实,很难。有时候觉得捕捉到了,经验上却没有把握。很容易从指缝里溜走,抓了些毛发。只将词语调度拆解是无聊的。

词语本身有意象有内容,许多时候是个实体。词语本身的调度拆解也能够衍生出诗意,它是有效的,然而也是有限的。所以那些玩弄了几百万字的人,文字在手里驯熟了,就像差遣自己的孙子、下级,对方还不得怨言。这时候就会自大和骄傲。过分地相信自己的手段,这个不行。一定要警惕,要明白词语本身衍生和创造的限度。就像鲁迅所讲:捣鬼有术也有效,然而有限,词语的使用正是这样。有术就是技巧的娴熟,然而有限,"以此成大事者,古来无有"。

一个写了几百万字上千万字的人,更需要回到严格苛刻的心情,敬畏词语。如果认为熟知词语本身的套路,以此吃一辈子,那就完了;以为随便弄一堆词,连缀一番就成了,殊不知诗人和作家的死亡就是这样开始的。须用生命的力量去投入,深刻感受词语本身的魅力和能量。词语很神秘,生命投入了,力量就保存在里面。

学习别林斯基

别林斯基那样的文学评论家,用全部的生命投入艺术,投入真理的寻求。为了这些,他常常激动得浑身发抖,灼烫,咳嗽连连,甚至昏倒在地。他有巨大的愤怒和爱的能力。在一个苟且的、为了所谓成功什么都可以做的时代,稍稍地学一点别林斯基就不得了。据说这个人是孱弱无力的,看上去一点劲儿都没有,面色苍白。可是一谈到艺术问题,事关诗与真,他就再也不会退让了。他的生命能量调动起来,辩论,追究,直到最后。

赫尔岑记录他的这种状态,用了一个词:"势不可挡"。他这会儿力气大得不得了，有雷霆万钧之势。这是一个瘦弱的、边区来的孩子，但通过学习，日日精进，懂得了为真理而献身的意义。关于艺术的准则一旦被他掌握，这个来自穷乡僻壤的孩子就有了不可估量的能量。他在城里，在莫斯科的艺术沙龙里，在贵族面前，辩才惊人。这连带了原始的力量，朴素的大地的力量。瘦弱的肩膀上挑着真理和责任的沉重，多么令人敬仰。赫尔岑的记录让人看了垂泪。但是天亮了，看一眼窗外的烟囱，庸俗的生活，跟夜里经历的别林斯基的感动相去太远。不过睁开世俗的眼睛，还能记住一点别林斯基，仍旧是好的。

爱诗，爱真理，爱一点点就做一点点。不是为了反驳他人而倔强，而是出于爱的捍卫。为了诗与真，得罪多少人才能承受？那要问自己。有的人非常强壮，得罪二十个人还能活得很好；有的人很弱小，得罪两个人就没法活了：那就得罪一个人。

方言写作

大多数人都在用方言写作。有人可能认为普通话环境里出生的人一定不是用方言写作的,究其实也会有此地的专门词汇、一些表达的特质。程度不同,都是方言写作,有的明显一点,有的隐晦一点。

但是作家需要在写作的那一刻把方言翻译出来,让别人能够理解,而不是一般的方言。作家随着运用语言的能力增强,就会处理一些很浓烈的方言板块。缺少这种能力,只能用语言的平均值,即普通话去表述。作家用了大量方言,但很少有人不懂,奥妙在哪儿?因为作者有处理不同的语言板块的能力,能够驾驭。他一边写作一边翻译,知道一些语言的切口怎么处理:既能保留原来的特质和气氛,又能让其他人读懂。这样做的难度是很大的。

有的地区如果保持了语言的原生态,其他地方的人根本读不懂。把生活中的语言直接搬到作品中,当然不行。因为没有对文字学、民俗学、字源学的深入探究，只好按当地发音写，别人也就没法读。同样的方言，处理起来是有区别的。并不是说方言最生动，就一定要如数保留。有一部分方言味道浓烈，读起来却没有障碍，多的是地方性，强烈的地方色彩，比如说那种特别的幽默感，生活趣味，总之极生动的地域表达，一点没有遗漏地保留了。去掉的是哪一些？是造成障碍的那一部分。这就需要巧妙的转化和翻译，把握分寸：既得到转换，又不失掉方言的个性色彩。

某地曾有一个特别能写的人，搬出一摞稿子就有几百万字。令人惊叹的是全都用了本地方言写成，读来生动，但外地人不懂，无法出版。谁如果让他改一下，他就很不高兴，说这才是文学语言。他忽略了微妙的、高难度的语言转换。仅仅是掌握方言多，还不是衡量文学水准的指标。有人曾愤愤不平地问：我们为什么要往普通话上靠？道理很简单，为了使更广大地区的人能够阅读。有人想到了注释，当然可以，但不能满篇都是注释。

谈到外国语言的翻译,与方言转译的道理也差不多。现在要么是语言的平均数,没有什么色彩和个性,要么是完全不加转译地原样写出,没法读。

城市动物

我们这里很少有源远流长的大都会,大致还是新结合的农业体。植根很深的地方文化、地方语言,只有在农村得到自然的生长。现代城市本身大都是刚搭建起来的,没有根。这是一个普遍的现象,虽然不是全部。如果有纯粹的城市作家,那需要是城市动物,市井里的无数曲折——真相与隐秘、不同的层次、复杂的人性,他都知晓。这种作家在西方比较多。我们这儿由于不断经历战乱,老城破坏,新区初建,没什么传统。这使人对城市文化没有信心。像美国的索尔·贝娄这一类的"城市动物",我们这里太少了。

写乡野并不等于什么"野地立场"。没那么简单。

正好相反,可能是太追求现代了,超越了所谓的"城市文化"。一些所谓的"现代"其实是很野蛮的,也很土。某些"现代"是夹生的,基本是蒲松龄当年嘲笑的"村里装俏",不伦不类。在这种情形下写一点淳朴的乡村更好。这里追求的是更完美、更先进、更合理的一种生活形态。比如说自然环境,一定要被"现代"破坏掉才是合理的?往前发展,如果能够超越,才能更高更好更快更完美更人性更合理更理性,才不是夹生的"现代",不是老土。

对"现代"的批判是必须的。没有批判就没有超越。这非但不是后撤,还是激进。有批判,有认可,有创见,有幻想。以此筑成的个人世界,才是作家的世界。

各种可能

有人注意到我作品中的一些变化:过去是极其自信的形象,现在不那么自信了,有些犹豫了。也许真的如此。过了这么久，会有变化。或许是面临的问题越来越复杂，越来越多，再无法像过去那样简单。那种非白即黑的判断会越来越少。面临一个事物，会觉得有各种可能性。这等于我们常常说的"年龄不饶人"。二三十岁在大学里发言，语速很快，极其流畅，废话很少，也有激情。而今讲得很慢，讲了这一句不想讲下一句。人脑跟电脑一样，随着碎片太多，空间少了，影响运转。还有另一个问题，就是随着年龄的增长，脑子里会想到事物的许多方面，觉得一切远没有那么简单。这就阻挡了流畅的表达。如果只是强调一个方面，听起来很痛快很干脆，实际上却是片面的。问题原本就很复杂，知道得越多，就越是谨慎。

使用文字越久对文字的功能越是了解，会小心许多。像中医一样，年轻医生开药方较快，一挥而就。老中医胡子长到胸口了，做得很慢，加一味减一味反复琢磨。他做了一辈子，深知药性。作家写了上千万字以后，对文字的掌控会很严格，改来改去，写得很慢。他知道词性好比药性，容易走偏。我们平常讲"是药三分毒",不是说吃了以后把人毒死,而是走偏的药性。所有的句子、词汇也都是有毒的,要慎用。

个人的世界

最重要的是用自己的眼睛去看、自己的脑子去想、自己的心灵去悟。面对一个非常强大的潮流,不盲从很难;有时候是非常高兴地、自然地、心悦诚服地跟上去了。这没有办法。人在每天的灌输中,等于身不由己地被浸泡。网络时代的喧嚣,好似大街上尘土飞扬人喊马叫。就在极其反感不安甚至愤怒的忍受中,也仍然会被引导和牵拉,会跟从。当有人指出这种生活的不合理性,拿出个人的方法时,他人就会反感和抵触。你向往安静,有人就问是否要回到远古?回到野地?身陷水泥丛林,却不允许向往树林。

在文学表述中,有一种现象很容易被识别,即为了一己私利的服务与跟随。某种"尖叫"却很具迷惑性，它貌似鞭挞与批判、揭露与呼号，然而更急切的攫取欲望则藏于其中，说到底也是一种服务与跟随。这里既没有高于对手，也没有对诗与真的敬畏，表露的是同一种难看的"吃相"。

文路遥遥，难易自知。曾有一家出版社为某人出版了一套文集，责编私下说：编这套文集，痛苦得晚上失眠：一个人如此有才华，却写下了大量毫无价值的文字。作者几乎一直在跟随切近的功利，一直为此抒发。一个写作者的才敏在鄙俗的方面耗尽了，真是悲哀。几百万字流于此，当然不会有深度，也不会有艺术的个性。泛社会化，道德化，却无真正的道德高度。一辈子为功利服务，为观念服务，为潮流服务。

类似的一支笔即便刺向了黑暗，也往往与对手一样拙劣，境界并无超拔，胸襟并无开阔，甚至算不得个人的表达。

文学必须是个人的沉静，是幽深的生命之吟，是幻想和沉湎，是欣悦与忧伤的诗意。一个人用几百万字甚至上千万字作肤浅的功利表达，耗尽了一生，虽有赞声送来，但绝非善意。关乎世俗功利的歌颂与愤慨，还不如写一只小虫子有价值。有人一辈子主要写小虫子，如法国作家法布尔，多么好，多么有意思。这是个人生命在自由状态下的观察与共鸣，是觉悟和关爱，发现和记录，自有思想和艺术价值。

强烈的社会批判，责任感与道德感，始终是大艺术的组成部分，但这需要源于灵魂之中，需要是真正意义上的诗与真的表达。

作家有强烈的道德感，始终对邪恶与不公和黑暗充满了愤怒，执着于抗争与揭露，只缺少了另一些东西：艺术的满足感。他的幽默哪里去了？对异性的爱哪里去了？寂寞和绝望、无助和怜悯，这一切哪里去了？非常复杂的生命内容都被省略了，强烈的批判与揭露意识取代和覆盖了一切。作为一个生命绷得太紧，其他也就无法游离出来。

我们大概不能简单地谈论道德和责任，这些既是强大的，也是脆弱的。艺术表达不能非此即彼、非黑即白，虽然这种痛快淋漓往往受到推崇。

老太太

一个文化部门邀请大家走了好多城市。每到一地，负责宣传的领导就拿出最好的东西给大家看，最后还要到一个大屋子里放映介绍本地的光碟：现代建筑，高科技，外宾成群；表现"先进文化"，一定会有一群描了脸的老太太拿着扇子在跳，有光着膀子的男女在台上劲舞。千篇一律，像一个模板下来的。从东海岸到西部，"先进文化"都是这样，换句话说，都是扭动的描脸老太太之类。

现代世界之现代，不在于楼之高大，机器之奇巧，更不在于舞台之喧嚣，而很可能是其他：绿树下的安静，书香满城，人们脸上的阳光和微笑。

（万松浦书院春季讲坛辑录，

2014年5月22日—28日）